Félix Antoine Philibert Dupanloup

Lettre sur le futur Concile Œcuménique adressée

Anatiposi

Félix Antoine Philibert Dupanloup

Lettre sur le futur Concile Œcuménique adressée

Réimpression inchangée de l'édition originale de 1868.

1ère édition 2023 | ISBN: 978-3-38220-324-5

Anatiposi Verlag est une marque de Outlook Verlagsgesellschaft mbH.

Verlag (Éditeur): Outlook Verlag GmbH, Zeilweg 44, 60439 Frankfurt, Deutschland
Vertretungsberechtigt (Représentant autorisé): E. Roepke, Zeilweg 44, 60439 Frankfurt, Deutschland
Druck (Imprimerie): Books on Demand GmbH, In de Tarpen 42, 22848 Norderstedt, Deutschland

LETTRE

SUR LE FUTUR

CONCILE ŒCUMÉNIQUE

ADRESSÉE

PAR MGR L'ÉVÊQUE D'ORLÉANS

AU CLERGÉ DE SON DIOCÈSE

PARIS

CHARLES DOUNIOL, LIBRAIRE-ÉDITEUR

29, RUE DE TOURNON, 29

1868

LETTRE

SUR

LE FUTUR CONCILE ŒCUMÉNIQUE.

Depuis une année déjà, Messieurs, une grande attente occupait l'Église et le monde. Devant les Évêques catholiques, réunis à Rome pour le dix-huitième centenaire du martyre de saint Pierre, et pour la canonisation solennelle des Saints, le Souverain Pontife avait tout à la fois proclamé la nécessité d'un Concile œcuménique, et déclaré sa résolution de le convoquer prochainement.

La Bulle d'indiction vient de paraître. Le 29 juin dernier, jour de la fête des saints apôtres Pierre et Paul, le Saint-Père, par des lettres adressées à tous les Évêques du monde chrétien, a fixé la date du futur Concile, et convoqué à Rome l'Épiscopat de toute la terre.

Depuis cette époque, par deux Lettres vraiment paternelles, le Saint-Père a successivement invité les Évêques grecs non unis et nos Frères séparés de toutes les communions protestantes, à profiter du futur Concile, pour reprendre l'œuvre d'unité plusieurs fois déjà essayée par l'Église, et interrompue par le malheur des temps.

Ainsi, ce n'est plus seulement une espérance. Le premier acte nécessaire pour la tenue du Concile, sa convocation canonique, est accompli; et les Lettres apostoliques, connues déjà du monde entier, et partout reçues avec joie, au milieu des préoccupations et des tristesses du temps présent, ont fait tressaillir les âmes : les regards se tournent de nouveau vers

Rome; les indifférents, les ennemis eux-mêmes, attentifs, étonnés, sentent que quelque chose de grand se prépare.

Et en effet, Messieurs, ce qui se prépare à Rome et dans l'Église est un fait rare et solennel, dont nul ne saurait méconnaître la souveraine importance, et ce sera peut-être le plus grand événement du siècle.

Qu'on ne s'étonne pas de ce langage. Je le sais, des événements, d'une portée immense, ont marqué le début du XIXᵉ siècle, et sa course orageuse ; de profondes révolutions ont passé sur lui, et hier encore nous voyions renverser un des plus vieux trônes de l'Europe; des conflagrations, des guerres ont agité les nations; des problèmes redoutables sont posés à l'heure qu'il est dans le nouveau et l'ancien monde. Toutefois, il est, même en ce siècle, quelque chose de supérieur aux ambitions terrestres et à l'ardent intérêt des passions politiques : ce sont les intérêts spirituels des peuples, et ces questions suprêmes dont la solution importe à la paix des âmes et aux destinées éternelles de l'humanité.

Et c'est pour cela, Messieurs, que l'Église, — qui paraît si peu de chose à certains hommes, et leur semble occuper, dans nos modernes sociétés, une si petite place, qu'on entend aujourd'hui des politiques conseiller sérieusement de n'en plus tenir compte, — l'Église est et demeure la plus noble puissance du monde, parce qu'elle est la Puissance spirituelle, et Rome, centre de cette Puissance, Rome, qui bientôt verra dans ses murs ces grandes assises de la Catholicité, sera toujours, selon la parole de son poète, la plus belle et la plus sainte des choses qui soient sous le soleil : *Rerum pulcherrima Roma.*

Qu'est-ce donc, Messieurs, que cette Église catholique, et qu'est-ce que ce Concile qui va, dans quelques mois, présenter un si grand spectacle au monde?

A l'exemple de plusieurs de mes vénérés Collègues, qui ont déjà, en France et dans les diverses parties de la chrétienté, publié des instructions pastorales sur ce sujet, je viens à mon

tour vous en entretenir. Je vous rappellerai ce que sont les
Conciles œcuméniques, auxquels depuis longtemps nous ne
sommes plus accoutumés; je vous dirai quels motifs, inspirés
d'en haut, ont décidé le Saint-Père à cet acte le plus extraor-
dinaire, le plus considérable du gouvernement pontifical; puis
nous verrons s'il y a quelque fondement aux alarmes que l'annonce d'un tel acte a fait naître chez quelques esprits malveil-
lants ou mal éclairés ; je vous ferai connaître enfin ce que nous
Évêques, Prêtres, et Fidèles, avons droit d'espérer.

I

Le Concile.

« Dieu, dit Bossuet, a fait un ouvrage au milieu de nous,
qui, détaché de toute autre cause, et ne tenant qu'à lui seul,
remplit tous les temps et tous les lieux, et porte par toute la
terre avec l'impression de sa main, le caractère de son autorité ;
c'est Jésus-Christ et son Église. »

Il existe donc en ce monde, au-dessus des choses humaines,
et toutefois profondément mêlée à elles, une société spirituelle,
un empire des âmes: empire d'un ordre à part et divin, plus
des cieux que de la terre, et cependant empire véritable
ici-bas, société complète, ayant, comme toute société, son organisation, ses lois, son action, sa vie; société fondée non de
main d'homme, mais par Dieu même, et n'ayant besoin pour
exister de l'autorisation de personne; car elle a une mission
comme une origine sacrée, et tient de là tous ses droits
essentiels : voyageuse sur la terre et divine étrangère, comme
dit encore Bossuet, et pourtant souveraine, souveraine des
âmes, où elle a un siége inviolable; n'empiétant pas sur les
pouvoirs humains, mais n'abdiquant pas devant eux ses droits
divins; heureuse de rencontrer leur concours, et ne repoussant

pas leur alliance, mais sachant, s'il le faut, s'en passer ; ne gênant pas leur mission terrestre, mais ne pouvant consentir à ce qu'ils gênent la sienne : société universelle, qui ne connaît point de limites dans le temps, ni de barrières dans l'espace ; dépositaire des biens célestes, et chargée de communiquer aux hommes jusqu'à la fin des âges la vérité évangélique, et par cette mission, comme par cette origine et cette expansion, tenant dans le monde, civilisé par elle, une place que nulle autre puissance ne remplira jamais.

Oui, il y a cette merveille sur la terre : au milieu de tous les gouvernements humains, temporels, limités, changeants, il y a cette société spirituelle, ce gouvernement des âmes, partout répandu, immuable et sans frontières, l'Église.

Si nous regardons de plus près sa constitution, — et il faut y jeter au moins un regard rapide, pour bien comprendre le plus solennel de ses actes, le Concile œcuménique, — nous verrons avec quel art divin Jésus-Christ y a proportionné les moyens à la fin. Le Fils de Dieu, c'est notre foi, a donné aux hommes, non pour un temps, mais pour toute la durée des temps, *omnibus diebus, usque ad consummationem sæculi*, un ensemble de vérités, de commandements, et d'institutions sacrées Ces révélations divines, la société chrétienne que Notre-Seigneur nommait son Église, *Ecclesiam meam,* en a le dépôt : société visible, la religion ne devant pas être une chose occulte ; et perpétuellement visible, puisque la perpétuité lui a été promise ; enfin société universelle, puisque tous les hommes, sans exception, y sont appelés et admis.

Mais le dépôt des révélations divines ne se pouvait transmettre sans altération à travers les âges, s'il eût été livré aux interprétations mobiles et capricieuses du sens privé : il était donc indispensable d'instituer une autorité doctrinale, souveraine, c'est-à-dire infaillible ; car une autorité ne peut être souveraine en matière de foi, et obtenir l'assentiment intérieur, sans

être infaillible. Et c'est ce qu'a voulu et fait le fondateur du
Christianisme, lorsque, donnant aux apôtres leur mission, il
prononça ces paroles, les dernières qui soient sorties de sa bouche:
« Comme mon Père m'a envoyé, je vous envoie. Allez donc :
« Enseignez toutes les nations, baptisez-les au nom du Père, du
« Fils et du Saint-Esprit, et apprenez-leur à observer tous les
« commandements que j'ai faits aux hommes : et voici que je
« suis avec vous, tous les jours, jusqu'à la consommation des
« siècles. »

Tel est donc le caractère essentiel de l'Église : c'est une autorité doctrinale, providentiellement infaillible par l'assistance
divine, dans les choses révélées de Dieu.

De l'infaillibilité, on le comprend, naît l'unité; non pas une
unité accidentelle et de fait simplement, mais une unité nécessaire et permanente, puisque le principe d'unité est permanent
dans l'Église. Le principe, et de plus le centre d'unité : cela
était encore dans la nature des choses, dans les indispensables
conditions d'une Église ainsi fondée. En effet, à cette Église en-
seignante, répandue dans tout l'univers, il fallait, pour la rallier
en un seul et unique corps, un centre, une tête, un chef : à
cette nécessité Jésus-Christ n'a pas manqué, et parmi ses apôtres, il en choisit un, qu'il investit de priviléges spéciaux, auquel
il confia, selon sa divine expression, *les Clefs du royaume des
Cieux*, qu'il établit la base, *la Pierre* fondamentale de l'édifice,
qu'il chargea *de confirmer ses frères dans la foi*, qu'il nomma
le pasteur des brebis comme *des agneaux*, c'est-à-dire, le
Pasteur et le Chef de tout le bercail.

Voilà la hiérarchie de l'Église. Pour donner un perpétuel
démenti au temps qui détruit tout, et le secours nécessaire à
l'esprit humain qui change sans cesse, il fallait une société religieuse ainsi constituée. Mais il fallait aussi une main divine
pour constituer de la sorte une société composée d'hommes ;
et ces grands caractères d'autorité et d'unité, dans la perpétuité et la catholicité, sont sur l'Église comme l'empreinte

éclatante de la puissante main qui l'a fondée. Elle demeure ainsi parmi les hommes, stable au milieu de la mobilité universelle. En vain l'inquiétude naturelle de l'esprit humain se heurtera à tous ses dogmes, et les hérésies succèderont aux hérésies (1) : cet inévitable mouvement ne pourra rien contre sa ferme constitution, et elle restera, comme dit l'Apôtre, la colonne et le fondement de la vérité : *Columna et firmamentum Veritatis* (2).

Telle est l'Église catholique.

Eh bien! Messieurs, un Concile œcuménique, c'est cette Église catholique assemblée pour faire avec plus d'éclat l'œuvre que, dispersée, elle accomplit chaque jour sur la terre, à savoir, la transmission aux hommes et l'interprétation authentique des vérités dogmatiques et morales contenues dans la révélation évangélique.

Et voilà, Messieurs, ce que je voudrais bien expliquer en ce moment, et faire entendre à nos contemporains, trop désaccoutumés de ces choses.

Mon dessein n'est pas, toutefois, vous le comprenez, de traiter à fond des Conciles : on pourrait écrire et on a écrit sur ce sujet des volumes. Mais il y a ici du moins quelques notions nécessaires, qu'il est essentiel d'exposer avec précision, puisque ces matières sont aujourd'hui peu familières, et qu'en toutes choses d'ailleurs les notions simples et fondamentales sont les plus utiles.

On appelle donc Concile, une assemblée d'Évêques réunis pour traiter de la foi, de la morale, et de la discipline.

Un Concile est particulier ou général : particulier, s'il ne représente qu'une partie de l'Église; général ou œcuménique, s'il représente l'Église universelle. Un Concile général, par

---

(1) *Oportet hæreses esse*-(Paul. I Cor. xi, 19). Terrible *oportet*, dit quelque part Bossuet.

(2) I Tim., III, 13.

cela même qu'il représente toute l'Église, a le privilége d'infaillibilité doctrinale et d'autorité suprême donné par Jésus-Christ à l'Église elle-même, au corps des pasteurs uni à leur Chef : un Concile particulier ne l'a pas.

Le Chef suprême de l'Église, le Pape, seul, a le droit de convoquer les Conciles généraux.

Par la même raison, c'est aussi au Pape seul qu'appartient le droit de les présider. Et de fait, ce sont toujours les Papes, par eux-mêmes ou par leurs Légats, qui ont présidé les Conciles œcuméniques. Ainsi, à Nicée, à Constantinople, à Éphèse, à Chalcédoine, de même qu'au Concile de Trente, les Papes présidèrent par leurs Légats. Aux Conciles de Latran, de Lyon, de Vienne, de Florence, ils présidèrent en personne.

« Très-Saint Père, — écrivaient à saint Léon les Pères du « Concile de Chalcédoine, — au milieu des Évêques, juges de « la foi, vous présidiez, comme le Chef aux membres, en la « personne de ceux qui tenaient votre place (1). »

De même qu'il appartient au souverain Pontife de convoquer et de présider le Concile général, c'est à lui qu'il appartient de le clore, de le dissoudre au besoin, comme de le confirmer. L'accord des Évêques avec le Pape est manifestement nécessaire à l'issue œcuménique d'un Concile.

Réunis en Concile de toutes les parties du monde, et ayant le Pape à leur tête, soit par lui-même, soit par ses Légats, les Évêques décident les questions, comme témoins de la foi de leurs églises, comme juges de droit divin : *Episcopis judicibus,* disaient tout à l'heure les Pères de Chalcédoine. *Definiens subscripsi ; subscripsi pronuntians cum sanctâ synodo,* c'est ainsi que les Evêques signaient à Chalcédoine et à Ephèse, et aussi à Trente.

Le droit a réglé les formes extérieures de ces assemblées.

(1) *Episcopis judicibus. sicut membris caput, prœeras in his qui tuum tenebant locum.* (Epist. ai Leon Conc. coll. R t. IX, p. 201.)

On distingue les *sessions* solennelles, où sont promulgués les
décrets ; et les *congrégations*, où ils sont élaborés. Avec
quels soins, quels scrupules, quelles recherches! l'histoire du
Concile de Trente l'atteste, et le prochain Concile de Rome en
sera une preuve non moins éclatante.

Le Pape, en effet, dès qu'il a eu pris cette grande résolution de convoquer un Concile, s'en est occupé avec une activité proportionnée à l'importance de la future assemblée,
et comme il convient au rôle du Chef de l'Église dans un
Concile œcuménique. Plusieurs commissions ou congrégations,
composées de savants Cardinaux, et de théologiens choisis dans
tous les pays, ont été immédiatement nommées par lui, et
travaillent avec ardeur à préparer les matières qui seront
traitées au Concile. Il y a une congrégation spéciale pour le
Dogme, une pour le Droit Canon, une pour ce qui concerne
les Ordres religieux, une pour les rapports de l'Église et de
l'État, une pour les Églises d'Orient.

C'est l'usage dans l'Église, quand le Pape veut convoquer
un Concile œcuménique, d'avertir d'avance et solennellement
les Évêques, qui doivent y apporter, avec l'autorité qu'ils tiennent de leur caractère, les conseils de leur expérience, et ce
que leur dispersion dans tous les pays du monde leur donne de
lumières et de compétence spéciale pour l'intelligence des
temps et des besoins des peuples.

Aussi, dès l'année dernière, Pie IX, dans deux allocutions
adressées aux Évêques assemblés à Rome, leur annonçait le
futur Concile; et il vient, par sa dernière bulle, de les y appeler tous, et d'en fixer la date précise, afin que les Prélats,
avertis et convoqués d'avance, aient le temps d'étudier à loisir
les questions, et d'arriver parfaitement préparés pour l'époque
indiquée par le Souverain-Pontife.

Je n'ai pas besoin d'ajouter que, si le Pape et les Évêques
assemblés peuvent porter des lois disciplinaires et modifier
plus ou moins dans le Droit Canon ce qui n'est pas de sa nature

immuable, la mission des Conciles, en matière de foi, n'est pas de faire le dogme : on ne fait pas le dogme dans les Conciles, mais on le constate. Ce qui leur appartient et ce qu'ils ont toujours fait, c'est d'interroger les écritures et la tradition, ainsi que les interprètes autorisés de l'Écriture et de la tradition; et c'est à l'aide de toutes ces lumières rassemblées, après les débats les plus approfondis, et le secours longtemps invoqué de l'Esprit-Saint, que le Concile prononce, et qu'on définit, selon les nécessités des temps et les besoins des âmes, ce qui a été, ce qui est la croyance de l'Église.

L'histoire compte jusqu'ici 18 Conciles œcuméniques (1). Et il serait difficile de fixer le nombre infini des Conciles particuliers. — Rien ne met plus en lumière que ces assemblées conciliaires la puissante vitalité de l'Église et la force qu'elle porte en elle pour se défendre, soit contre les erreurs que l'es-

(1) Voici la liste de ces 18 Conciles œcuméniques :

1° Nicée, en 325, contre Arius, qui niait la divinité du Verbe; 2° Constantinople, en 381, contre Macédonius, qui attaquait la divinité du Saint-Esprit ; 3° Éphèse, en 431, contre Nestorius, qui errait sur l'Incarnation et refusait à la Vierge Marie le titre de Mère de Dieu; 4° Chalcédoine, en 451, contre Eutychès, qui s'était jeté dans une erreur contraire à celle de Nestorius; 5° Constantinople, en 553, contre les trois fameux Chapitres qui prolongeaient l'erreur de Nestorius sur l'Incarnation ; 6° Constantinople, en 680, contre les Monothélites, qui prolongeaient l'erreur d'Eutychès, en refusant à Jésus-Christ une volonté humaine ; 7° Nicée, en 787, contre les Iconoclastes, ou briseurs d'images; 8° Constantinople, en 869, contre Photius, l'auteur du schisme grec ; 9° Latran, en 1123, pour la promulgation de la paix entre le Sacerdoce et l'Empire, après les longues querelles des Investitures, et pour les Croisades ; 10° Latran, en 1139, pour la réunion des Grecs, et contre les erreurs des Albigeois ; 11° Latran, en 1179, pour différentes questions de discipline et contre les hérésies du temps, Vaudois, etc.; 12° Latran, en 1215, encore contre les mêmes hérétiques; 13° Lyon, en 1245, pour la Croisade et les démêlés avec l'empereur Frédéric ; 14° Lyon, en 1274, pour la Croisade et la réunion des Grecs; 15° Vienne, en 1311, pour la Croisade et diverses questions de discipline, et pour l'affaire des Templiers; 16° Florence, en 1439, pour la réunion des Grecs; 17° Latran, en 1511, contre le conciliabule de Pise; 18° Trente, en 1545, contre le protestantisme. — Plusieurs sessions du Concile de Constance sont aussi regardées comme œcuméniques.

prit humain ne cesse d'enfanter, soit contre les corruptions
et les abus, inévitables par l'infirmité de l'humaine nature.
C'est la seule société sur la terre où les révolutions ne soient
pas nécessaires, et où les réformes sont toujours possibles. Pas
un de ces mille Conciles en effet qui n'ait statué sur la discipline
en même temps que sur la foi; et le grand Concile de Trente lui-
même, sans avoir peur de ce mot de réforme qui avait embrasé
l'Europe, le reprit, parce qu'il lui appartenait, et accompagna
toutes ses définitions sur la foi de décrets sur la réformation :
De reformatione. Assemblés en Concile œcuménique, le Pape et
les Évêques sondent d'un regard ferme tout l'ensemble de la situation des choses dans la république chrétienne, et portent
courageusement le remède aux blessures et aux souffrances.
Par là l'immortelle jeunesse de l'Église se renouvelle, un
souffle de vie plus active et plus forte se répand dans ce vaste
corps, et la société elle-même en ressent l'heureuse influence.

C'est donc, Messieurs, une de ces assemblées œcuméniques que le Pape vient de convoquer. Après avoir profondément médité sur les besoins des temps, et longuement prié
devant Dieu, le Chef de l'Église catholique a dit une parole,
fait un signe solennel : c'en est assez, et de l'Occident et de
l'Orient, du Nord et du Midi, de tous les points du monde
habité, de toute tribu, de toute langue, de toute nation, les
chefs de cette grande société spirituelle, tous les membres
dispersés de ce gouvernement des âmes, qui prennent leurs noms
des premières villes de l'univers où ils siègent, les Évêques vont
partir, et se réunir au lieu marqué par le Souverain-Pontife,
pour traiter ensemble, non pas, comme dans les congrès humains, de la paix et de la guerre, de conquêtes et de frontières,
mais des âmes et de leurs intérêts sacrés, des choses spirituel-
les et éternelles; pour obéir à cette parole divine, qui a fondé
l'Église : *Euntes ergo, Docete omnes Gentes;* Allez, Enseignez
toutes les Nations; pour accomplir le devoir le plus auguste de

leur souveraine mission; pour proclamer, dans une assemblée générale de l'Église, en face des erreurs humaines, les vérités dont le dépôt sacré leur a été confié par Celui qui est la Vérité même : telle est l'œuvre d'un Concile œcuménique : en est-il sur la terre une plus grande?

Il y a trois cents ans que le monde n'avait vu de ces assemblées, et au commencement de ce siècle encore, on les croyait impossibles. « Dans les temps modernes, — écrivait J. de « Maistre, il n'y a pas encore cinquante ans, — depuis que « l'univers policé s'est trouvé, pour ainsi dire, haché par tant « de souverainetés, et qu'il a été immensément agrandi par « nos hardis navigateurs, un Concile œcuménique est devenu « une chimère. »

On se souvenait aussi des difficultés politiques qui entravèrent si tristement le Concile de Trente, et les temps nouveaux paraissaient plus défavorables encore : on croyait les pouvoirs modernes plus défiants et plus hostiles, et la liberté de l'Église plus entravée, son action plus amoindrie que jamais. Mais on avait tort de calomnier notre temps, et au lieu de porter des défis à la Providence, nous ferons mieux d'admirer sa puissante main, qui, comme le disait l'antique proverbe, *écrit droit sur des lignes courbes*, et force les événements à se plier, malgré les hommes, à ses éternels desseins. Missionnaire et voyageuse, l'Église a besoin de voir abréger les chemins. Prêcheuse et libératrice, elle profite et se réjouit de la chute de toutes les entraves. Or notre âge a accompli ces deux œuvres, la suppression des distances, l'abaissement des barrières, j'entends les distances et les barrières dans le sens politique et social, aussi bien qu'au point de vue matériel. On a cru servir par là les intérêts, on a servi les croyances; et tout ce mouvement, qui semblait s'être fait en sens inverse de l'Eglise et contre Elle, tourne à son profit. L'esprit des temps nouveaux oblige bon gré mal gré les gouvernements à plus d'équité envers l'Église, et fait tomber les vieux préjugés qui naguère encore

gênaient son action ; et voici que la tenue d'un Concile œcuménique est, politiquement, plus facile aujourd'hui qu'elle ne l'eût
été aux temps de Philippe II, de Louis XIV, ou de Joseph II.

. « Pour convoquer seulement tous les Évêques, disait encore
« J. de Maistre, et pour faire constater légalement de cette con-
« vocation, cinq ou six ans ne suffiraient pas. » Et il suffit
aujourd'hui à Pie IX de faire afficher sa bulle sur les murs
du Latran : la publicité moderne, en dépit même des volontés
contraires, la porte aux extrémités du monde ; bientôt, grâce
aux merveilleux progrès des sciences et de l'industrie, sur les
ailes que la vapeur prête à nos vaisseaux et sur ces chars de feu
qui dévorent l'espace, des continents les plus opposés, des îles
les plus lointaines, les Évêques viendront, à l'appel du Pontife. Ils
viendront des pays libres, et, nous l'espérons, de ceux même qui
ne le sont pas ; et ainsi, j'aime à le redire, ce double courant des
idées et des industries de notre temps, va servir non plus seulement à la vie matérielle, mais au gouvernement des âmes, à la
plus haute manifestation de la vie spirituelle dans l'humanité, à
la plus grande œuvre de l'Esprit de Dieu sur la terre.

Comme il est juste, comme l'a voulu la Providence, par cette
harmonie secrète cachée au fond des choses et dans l'unité de
l'œuvre divine, la matière aura été mise une fois de plus au
service de l'esprit, et les pensées des hommes à l'ordre des
conseils de Dieu.

Trois fois déjà, Messieurs, vous le savez, depuis quelques
années, les Évêques catholiques avaient pu se rassembler
autour du Vicaire de Jésus-Christ ; mais aucune de ces trois
grandes réunions n'a eu le caractère d'un Concile. La gloire
de renouer, par la tenue d'une véritable assemblée œcuménique,
les anciennes traditions de l'Église si longtemps interrompues,
était réservée encore à ce magnanime Pontife, si fort dans sa
douceur, si plein de sérénité dans ses épreuves, et si confiant
au Dieu qui le soutient, et qui pour l'œuvre du Concile l'a
manifestement inspiré.

II

Le programme du Concile.

Et pourquoi, dans quelles pensées, le Chef de l'Église convoque-t-il à ces assises de la Catholicité ceux qu'il nomme « *ses vénérables Frères, tous les Évêques du monde catholique,* « *que leur caractère sacré appelle à partager ses sollicitudes?* » *Omnes renerabiles fratres totius catholici orbis sacrorum antistites, qui in sollicitudinis nostræ partem vocati sunt.*

Les Lettres apostoliques nous le disent clairement : il faut les lire, et juger l'Église avec équité, sur ses propres paroles, et non pas sur de haineux ou de vains commentaires. Voici comment le Saint-Père trace dans sa bulle le programme du futur Concile :

« Ce Concile œcuménique, dit le Pape, aura donc à examiner avec le plus grand soin et à déterminer ce qu'il convient le mieux de faire, en des temps si difficiles et si durs, pour la plus grande gloire de Dieu, pour l'intégrité de la foi, pour l'honneur du culte divin, pour le salut éternel des hommes, pour la discipline du clergé régulier et séculier, pour son instruction salutaire et solide, pour l'observance des lois ecclésiastiques, pour la réformation des mœurs, pour l'éducation chrétienne de la jeunesse, pour la paix commune et la concorde universelle.

« Il faudra aussi travailler de toutes nos forces, avec l'aide de Dieu, à éloigner tout mal de l'Église et de la société; à ramener dans le droit sentier de la vérité, de la justice, et du salut, les malheureux qui se sont égarés ; à réprimer les vices et à repousser les erreurs, afin que notre auguste religion et sa doctrine salutaire acquièrent une vigueur nouvelle dans le monde entier, qu'elle se propage chaque jour de plus en plus, qu'elle reprenne son empire, et qu'ainsi la piété, l'honnêteté, la justice,

la charité et toutes les vertus chrétiennes se fortifient et fleu-
rissent pour le plus grand bien de l'humanité (1). »

Tout le programme, tout le travail du futur Concile est dans
ces paroles. Il y aura donc là deux grands objets, *le bien de
l'Église*, *le bien de la société humaine*. Il y a cela, et il n'y a
que cela.

Avant tout, l'Église s'assemble pour ranimer sa vie inté-
rieure, et comme dit l'Apôtre, *ressusciter la grâce de Dieu
qui est en nous*. C'est que l'Église, Messieurs, a ce privilége admirable que je vous ai dit : elle est le seul corps qui
soit doué de cette puissance d'un perpétuel rajeunissement au
sein d'une perpétuelle existence. En vertu de sa divine constitution, rien, dans les vérités qu'elle garde, rien ne change, rien
ne se crée, rien ne se perd, pas une syllabe, pas un iota!
Iota unum, aut unus apex non præteribit (2), dit Jésus-Christ.
Mais, institution vivante, composée d'hommes, empruntant ses
chefs et ses membres à toutes les nations, à tous les rangs,
toujours ouverte à qui veut venir à elle, et sans cesse accrue
de nouvelles races, - comme un fleuve qui reçoit des rivières
dans son sein, réfléchit les objets placés sur ses rivages, et
adapte son cours aux climats, aux lieux et aux pentes, —

(1) « In Œcumenico enim hoc Concilio ea omnia accuratissimo examine sunt
perpendenda, ac statuenda, quæ hisce præsertim asperrimis temporibus ma-
jorem Dei gloriam, et fidei integritatem, divinique cultus decorem, sempiter-
namque hominum salutem, et utriusque Cleri disciplinam, ejusque salutarem,
solidamque culturam, atque ecclesiasticarum legum observantiam, morumque
emendationem, et christianam juventutis institutionem, et communem omnium
pacem et concordiam in primis respiciunt. Atque etiam intentissimo studio
curandum est, ut Deo bene juvante, omnia ab Ecclesia, et civili societate amoveantur mala, ut miseri errantes ad rectum veritatis, justitiæ, salutisque tra-
mitem reducantur, ut vitiis, erroribusque eliminatis, augusta nostra religio
ejusque salutifera doctrina ubique terrarum reviviscat, et quotidie magis pro-
pagetur, et dominetur, atque ita pietas, honestas, probitas, justitia, caritas
omnesque christianæ virtutes cum maxima humanæ societatis utilitate vigeant
et efflorescant. »

(2) S. Matth., v, 18.

l'Église a le don de s'accommoder aux temps, aux institutions, aux besoins des générations qu'elle traverse et des siècles qu'elle civilise.

De plus, elle est ici-bas dans un perpétuel labeur, afin de se rendre toujours plus digne de parler de Dieu aux hommes, et de manière à en être écoutée et comprise. Elle examine sans cesse, avec respect, mais avec une souveraine autorité, ses livres disciplinaires, ses lois, ses institutions, ses œuvres, et surtout ses membres, répartis dans les divers degrés de la hiérarchie.

Ah! certes, nous ne nous croyons pas sans défauts, ni sans taches. « Eh! faut-il s'étonner, disait autrefois Fénelon, de trouver dans l'homme des restes de l'humanité! » Mais, grâces immortelles en soient rendues à Dieu, nous portons dans l'impérissable trésor des vérités et des lois divines dont nous sommes les dépositaires, le moyen de toujours reconnaître nos fautes et de nous réformer.

C'est donc contre nous, ou plutôt c'est pour nous, avant tout, que le Concile s'assemble. Il n'y en aura pas un seul parmi nous qui, venant prendre séance dans cette auguste Assemblée, n'ait, le matin, plié le genou sur la dernière marche de l'autel, incliné son front, frappé sa poitrine, et ne se soit dit : « Si Dieu n'est pas mieux connu, n'est pas mieux servi autour de moi, si la vérité souffre violence, si les pauvres ne sont pas assistés, si la justice est en péril, ô Dieu, c'est ma faute, c'est ma faute, c'est ma très-grande faute! » Rois de la terre, qui disposez, quelquefois, avec une si effrayante liberté, du sort des nations, ah! qu'un tel examen vous serait bon, à vous aussi, si vous pouviez le supporter! O assemblées humaines, parlements, tribunaux, conventions populaires, pensez-vous que ce sévère regard porté sur soi-même, ces aveux, ces scrupules et ces habitudes courageuses de discipline et de réforme, seraient inutiles pour apaiser les agitations aveugles, les passions arrogantes, ou secouer la somnolente routine?

Chacun de nous s'étant donc examiné, interrogé, accusé sé-

vèrement, nous nous demanderons quels sont aujourd'hui les
obstacles à la propagation de la foi parmi les peuples qui ne
l'ont pas reçue, à son rétablissement parmi ceux qui l'ont
perdue; nous réviserons les réglements, nous réformerons les
abus, nous rétablirons les lois oubliées, nous modifierons ce
qui a besoin de l'être. Sous l'autorité suprême du Père commun,
de l'Évêque des évêques, l'expérience des vieillards, l'ardeur des
plus jeunes, l'inspiration des plus saints, la sagesse des plus
savants, tout concourra à cette généreuse et sincère vérification
de notre propre état, de notre mission sur la terre et de nos
devoirs; et cet examen sera fait dans la plus libre et la plus
fraternelle discussion, et bientôt suivi de résolutions solides,
qui deviendront dès lors, et pour des siècles, la règle de notre
vie.

Tel sera donc le premier objet de l'assemblée des Évêques :
objet sublime et humble, qu'admirent avec respect les enfants
de l'Église, et qui frappe ses ennemis eux-mêmes d'un éton-
nement qu'ils cherchent en vain à déguiser. Oui, notre mi-
nistère est si beau, nos assemblées si élevées au-dessus des
autres assemblées, que la langue des hommes contient l'invo-
lontaire aveu de cette supériorité. Dès qu'ils veulent définir
une noble fonction, une mission supérieure, un rôle à part, ils
le nomment, souvent même avec exagération, un *Sacerdoce;*
et s'ils veulent parler d'une réunion imposante, solennelle, qui
marquera dans l'histoire, ils disent : c'était comme un *Concile*
de rois ou de législateurs. Les langues humaines n'ont pas de
mots plus élevés, sans que nous ayons, Prêtres ou Évêques, à
nous enorgueillir ici; car nos mains n'ont pas fait ces choses;
elles viennent de Dieu, et la hauteur des mots qui les expriment
rappelle à notre humilité, avec la majesté de notre vocation,
la redoutable étendue de nos devoirs.

Mais enfin pourquoi, de nos jours, à l'heure qu'il est, cette
retraite de tout l'épiscopat catholique au sein d'un nouveau cé-
nacle? Si j'ose le dire ainsi, pourquoi cette sainte veillée des

armes? Pourquoi ces préparations, tout cet appareil et ce travail d'un grand Concile? Pourquoi, sous l'inspiration et sous l'œil de Dieu, le souverain Pontife a-t-il jugé bon de le réunir à ce moment, dans cette seconde moitié du xixe siècle?

Il est dit de notre Maître, le divin Sauveur du monde : *Vulneratus est propter iniquitates nostras.* Eh bien ! c'est pour les iniquités des hommes, et pour les nôtres, que nous allons nous imposer tant de travaux. Plus les temps sont difficiles, plus il nous faut être purs pour de plus redoutables épreuves, armés pour des combats plus rudes, savants à la veille de discussions plus ardentes. Et si les hommes nous demandent pourquoi nous allons nous efforcer ainsi d'augmenter au milieu de nous la lumière et la charité, nous leur répondrons que, sans nous oublier nous-mêmes et nos besoins, nous le faisons à cause d'eux aussi, en contemplant leur état, leurs aspirations et leurs souffrances, et dans le désir de leur faire plus de bien.

III

Les causes du Concile.

Quelle est donc aujourd'hui la situation des âmes et l'état des peuples répandus sur la face de la terre? Qui n'en est préoccupé?

Le Pape, en jetant son regard sur le monde et en prêtant de loin l'oreille aux bruits de la société contemporaine, n'a pas pu ne pas voir, comme tous le voient, dit-il, la crise profonde, ou, comme s'exprime la Bulle, la tourmente qui agite à la fois l'Église et la société : *Jam vero omnibus compertum exploratumque est qua horribili tempestate nunc jactetur Ecclesia, et quibus quantisque malis ipsa affligatur Societas.* Quelle est, Messieurs, cette crise de l'Église et du monde ?

Si vous embrassez du regard la suite de l'histoire, et ce

vaste océan des âges sur lequel nous sommes portés un
instant, puis engloutis à notre tour, vous répondrez d'abord,
il est vrai, que cette crise n'est qu'un incident de la crise perpétuelle, une scène du drame ininterrompu, qui compose la
destinée du genre humain. Les passagers novices se croient
toujours embarqués par un gros temps et s'imaginent que la
mer n'a d'écueils et de soulèvements que pour eux. Mais les
vieux navigateurs savent bien que le flot est toujours incertain,
et que la tempête du jour qui se lève avait été précédée par
d'autres tempêtes.

Et si nous sommes justes autant qu'attentifs, nous reconnaî-
trons encore que cette crise du temps présent ne va pas au
hasard, et n'échappe pas plus que les autres à la conduite de
Dieu. Je dirai même, en considérant les desseins profonds de
la Providence, que cette crise n'est pas sans grandeur, et
qu'elle a sa beauté, ses lois, et sa fin, comme les phénomènes en
apparence les plus confus et les plus désordonnés de la nature. A travers les luttes et les obstacles sans cesse renouvelés,
l'Église, qui sait où elle va, et les hommes, souvent à leur insu,
poursuivent l'idéal évangélique ; et l'Église, dont la mission
est d'y élever les âmes, gémit ici-bas, parce que cet idéal
n'est jamais assez réalisé pour le bonheur et la gloire de l'humanité. Sans doute il faut reconnaitre les efforts de travail, de
savoir et de courage, que les hommes déploient aujourd'hui ;
ils ont, depuis quelques siècles, accumulé des trésors de science,
de richesse et de puissance, et il s'est levé dans les deux
mondes une surprenante moisson d'hommes de talent, artistes
et orateurs, savants et militaires, administrateurs et publicistes,
dont les noms et les travaux seront salués par la postérité
avec une légitime reconnaissance. Mais tout cela ne suffit pas à
l'humanité : et après avoir été justes envers le bien, soyons justes
devant le mal, regardons en face notre siècle lui-même, et
convenons, avec l'auguste et véridique Pie IX, que les sociétés
humaines sont en ce moment profondément troublées.

Et ne croyez pas, Messieurs, que j'entende parler ici des troubles de la politique et de la guerre.

Je le sais, l'Europe a plus d'une fois retenti, dans ces dernières années, du bruit des batailles, et à l'heure qu'il est, une sourde inquiétude agite encore les esprits; les peuples arment, et se préparent, dirait-on, à des chocs gigantesques. Est-ce de ces puissants intérêts de la politique, de ces questions de nationalités, d'équilibre et de frontières, que le Pontife veut parler? Sans doute l'Église n'est pas indifférente à la paix ou à la guerre parmi les nations, et ses prières montent chaque jour au ciel pour la concorde entre les Princes et entre les peuples chrétiens. Mais enfin, j'ai dû déjà le dire, ce n'est pas pour régler de telles questions qu'elle réunit son Concile, et la pacifique assemblée convoquée à Rome ne méditera ni révolutions ni conquêtes, ni ligues des peuples ou des souverains, ni élévation ou renversement de dynasties. Tandis que toute l'Europe, et si nous jetons plus loin nos regards, tandis que le nouveau monde comme l'ancien, tremblent à des bruits de guerre ou de révolutions, là, à Rome, dans ce centre auguste, en ce lieu réservé, réunis auprès du Successeur de Pierre autour de la chaire de vérité, les pasteurs des peuples, les pieds sur la terre et sur le roc immobile, mais les yeux au ciel, s'occuperont des âmes, des besoins des âmes, du salut éternel des âmes, en un mot des intérêts supérieurs et permanents de l'humanité.

Et certes ils feront bien; car, qui peut le dissimuler? les âmes ne sont-elles pas en péril, et la foi des peuples menacée?

Quelle hérésie nouvelle a donc surgi, me direz-vous? Quelle hérésie, Messieurs? Du sein de l'Église, aucune; jamais le Clergé n'a été plus uni sur la foi, d'un bout à l'autre du monde. Hors de l'Église, au contraire, non-seulement les mêmes attaques, cent fois repoussées, cent fois renouvelées, se reproduisent, sous des formes et avec des colères nouvelles, contre tous les points de la doctrine chrétienne : il y a plus que cela; avec une im-

piété qui dépasse celle du XVIII° siècle, les vérités naturelles
elles-mêmes, ces vérités primordiales sur lesquelles tout
ici-bas repose, sont niées et audacieusement discutées; la
science, elle aussi, a ses hérésies; il y a schisme parmi les philosophes; et la raison subit à son tour les assauts qui sem-
blaient réservés à la foi. Chose étrange! C'est la foi qui garde
aujourd'hui les trésors de la raison, et lui sert de rempart.
C'est vous, aujourd'hui, ô savants, ô penseurs, c'est vous qui
avez besoin de nous! Vous nous accusez tous les jours de
n'avoir ni la science ni l'intelligence, mais vous, mes pauvres
frères, si savants, si intelligents, vous n'avez presque pas su
garder une seule vérité stable! Et vous qui avez voulu réformer l'Eglise, ô Protestants, c'est vous, aujourd'hui, qui avez
besoin de réforme, et qui sentez combien le bienfait de l'autorité vous manque.

Voyez en effet quel est l'état des intelligences. Où s'en vont,
de toutes parts, les philosophies séparées? Depuis trois siècles,
dans cette Allemagne, qui aujourd'hui s'entre-choque et s'ébranle
si profondément, de violents esprits ont surgi, qui, rejetant
le frein de la foi, et se livrant à toutes les témérités de la
pensée, ont fait voir au monde étonné toutes les audaces,
et en même temps toutes les défaillances de la raison, bientôt
suivies, comme toujours, des audaces et des défaillances de la
conduite. De ces prodigieux efforts d'esprit et d'érudition,
qu'est-il sorti? La résurrection de toutes les erreurs antiques,
le panthéisme, l'athéisme, le scepticisme, et dans la religion
même, les fantaisies les plus contradictoires d'une exégèse où
périrait tout Christianisme : voilà où ont abouti, sous nos
yeux, dix-huit siècles après Jésus-Christ, les plus grands labeurs intellectuels peut-être dont le monde ait été témoin.

Et aujourd'hui, chez nous, que voit-on? Les croyances
religieuses battues en brèche, la dissolution de toute foi, même
philosophique, l'écroulement de toutes les vérités rationnelles,
et les envahissements d'une prétendue science enivrée d'elle-

même, qui renie la raison, et veut, au nom du matérialisme et de l'athéisme, ravir aux hommes la foi en l'âme
immortelle et la foi en Dieu. Par toutes les voies de la presse,
journaux, pamphlets, romans, les doctrines les plus funestes
sur Dieu, l'âme, la morale, la vie future, la famille, la société,
sont ardemment répandues. Beaucoup de nos contemporains,
ou sombrent dans ces erreurs, ou flottent, sans boussole
et sans guide, à tous les vents du doute : de toutes parts
d'orageuses ténèbres se font dans les âmes, et pénètrent jusqu'au fond des masses populaires (1).

En même temps, de grands malentendus se sont élevés

---

(1) Quand j'ai publié, il y a deux ans, l'*Athéisme et le Péril social*, et plus
récemment les *Alarmes de l'Episcopat*, écrits dans lesquels je dénonçais les
efforts de l'athéisme et de l'impiété contemporaine, quelques personnes ont
paru douter, malgré les preuves positives accumulées par moi, que le mal
eût fait tant de progrès, et aussi que les doctrines impies pussent avoir des
conséquences sociales si désastreuses.

Eh bien ! depuis, les progrès de l'irréligion ont été si rapides qu'aujourd'hui
le mal éclate de toutes parts.

Il s'est tenu cette année, en Europe, trois principaux congrès internationaux
d'ouvriers, à Bruxelles, à Nuremberg, et à Gênes. Dans ces congrès, qu'a-t-on
entendu ? Des cris d'impiété et de guerre sociale. Guerre à Dieu ! Guerre aux
gouvernements ! Guerre au capital !

L'*Association internationale des travailleurs*, réunie en congrès à Bruxelles,
congrès formé par les délégués des associations ouvrières qui couvrent l'Europe, dans son rapport disait :

« Aujourd'hui, l'homme a enfin pu reconnaître son seul et véritable
« ENNEMI : en politique, cet ennemi s'appelle LA LOI, symbolisé par le MO-
« NARQUE ; en morale, DIEU, symbolisé par les popes et les Papes ; en
« économie politique, L'INÉGALITÉ DES CONDITIONS, symbolisé par le
« CRÉDIT (1). »

Or, ce qu'il faut bien savoir, c'est que cette association internationale des
travailleurs, née depuis quatre ans seulement, a déjà des ramifications dans
toute l'Europe, et jusqu'en Amérique. Je lis en effet dans le discours du Président (séance du 6 septembre) :

« En Amérique les ouvriers se sont organisés et affiliés.. Ils comptent s'em-
« parer bientôt du pouvoir législatif, qui appartient actuellement aux bourgeois.

(1) Cité par l'*Univers*, n° du 3 octobre 1868.

sur toutes les questions qui concernent l'Église, et, par suite, un combat acharné est livré aujourd'hui contre elle. Quand éclata en France la révolution, qui fait maintenant le tour de l'Europe et du monde, l'Église, attachée par des liens que le temps avait faits à l'ancien ordre politique, fut emportée avec lui dans la tempête, et on ne sut pas distinguer, dans cette lutte alors engagée contre elle, ce qui tenait à un état de

« En Angleterre, *la lutte des classes*, est également commencée et se pour-
« suit avec succès.

« En Allemagne, en Suisse, l'association fait également des progrès. Cent et
« vingt associations ouvrières sont en ce moment réunies à Nuremberg.

« Les idées de l'association font aussi du chemin en Italie. »

Nous venons de voir quelles étaient ces idées : le même Président, dans la
même séance, les exposait ainsi :

« L'ouvrier salarié est aussi malheureux que l'était autrefois le nègre d'Amé
« rique... plus malheureux encore...

« Il y a inévitablement guerre entre l'ouvrier et le patron.

« L'ouvrier doit aujourd'hui devenir son propre patron. »

Et le Président terminait ainsi son discours : « Dans nos congrès antérieurs,
« nous avons discuté nos théories : aujourd'hui, il faut agir. »

Et les cent et vingt sociétés ouvrières réunies à Nuremberg, ont, bien entendu, adressé leur adhésion au congrès de Bruxelles.

Et parfaitement intelligents des moyens, les ouvriers du Congrès de Gênes
ont résolu de fonder, selon la méthode des *ligues d'enseignement* qui s'orga-
nisent activement en France à l'heure qu'il est, et que les gens qui n'y voient
goutte prétendent inoffensives, *des écoles pour l'instruction du peuple, mais
des écoles sans religion.*

Quand j'ai cité cette effroyable explosion de matérialisme et d'athéisme qui
se fit, il y a deux ans, au congrès des étudiants à Liége, et ces cris d'impiété
et de barbarie sauvage :

« Guerre à Dieu ! Haine à la bourgeoisie ! Haine aux capitalistes ! »

« La révolution, c'est le triomphe de l'homme sur Dieu !... Il faut crever la
« voûte du ciel comme un plafond de papier !... »

« Si la propriété fait obstacle à la révolution, il faut, par décrets du peuple,
« anéantir la propriété !... Si cent mille têtes font obstacle, qu'elles tombent !
« Nous n'avons d'amour que pour la collectivité humaine ! »

Quand j'ai cité ces paroles, et bien d'autres, les journaux impies de bonne
tenue ont cru répondre en nous disant : « Ce sont des enfants ! »

Eh bien ! sont-ce des enfants que les deux mille individus d'un côté et les
trois mille individus de l'autre, qui se réunissent en ce moment même à Paris?

choses légitime, sans être nécessaire, et ce qui constituait les principes essentiels et l'esprit immuable du Christianisme.

La haine, chez certains hommes, a survécu, aveugle, implacable : oubliant dix-huit siècles de bienfaits, on a continué une guerre ingrate; et comme ce flot de la révolution roule pêle-mêle en son cours vérités et mensonges, vertus et crimes, bienfaits et désastres, et que l'Église, qui ne pactise jamais avec l'erreur et le mal, persiste à signaler aux hommes de ce temps-ci l'illusion des mots trompeurs et le danger des fausses doctrines; disons tout, parce qu'on s'obstine à mettre sur le compte de l'Église des pensées et des prétentions qui ne

Or là, on ne peut prononcer le nom même de *Dieu*, ni le nom de *Jésus-Christ*, ni nommer la *foi chrétienne*, sans soulever les plus violents orages : au point que, dans l'une de ces réunions, un orateur s'étant oublié jusqu'à dire: *A Dieu ne plaise !* ce mot excita de telles clameurs que l'orateur dut descendre de la tribune; et dans une autre réunion, un autre ayant simplement dit : *A dater de Jésus-Christ,..* descendit également de la tribune au milieu du tumulte et sous le coup des cris menaçants.

Et je n'ai pas ouï dire qu'on ait fait descendre de la tribune celui qui disait dernièrement: « L'épargne est une des formes de l'assassinat. »

Il n'y a pas jusqu'à la Charité qui n'ait été là honnie et bannie. Le président ayant proposé une quête pour les victimes de l'horrible accident de Metz, l'explosion de la poudrière, l'assemblée refusa, parce que cela eut été de la charité ; et *la charité*, s'est écrié un orateur, *est d'essence catholique, et non pas d'essence démocratique.*

Que les choses aillent quelque temps de ce train, et le monde, on peut le prédire sans être prophète, verra des catastrophes comme il n'en a jamais vues.

J'ai dit un jour dans un écrit que de telles doctrines nous conduisaient à la *barbarie*. On m'a reproché cette parole. Eh bien, la *barbarie*, on ne s'en défend plus : on l'affiche ; je reçois ce matin même le prospectus d'un nouveau journal « MATÉRIALISTE ET LITTÉRAIRE, » qui va paraître à Paris précisément sous ce nom : LE BARBARE, et se déclare fondé pour le triomphe de l'athéisme. Ce prospectus professe que Robespierre ne fut qu'un arriéré et un réactionnaire, et que *la Révolution* n'est arrivée à *son apogée* qu'avec l'*athéisme* de la commune de Paris, *avec les réquisitoires de Chaumette*, avec *le journal spirituel et profond d'Hébert*.

Eh bien, je le demande. est-ce donc un rêve que l'athéisme et le péril social? Ai-je eu tort de voir dans ces jeunes athées les *Hébert* et les *Chaumette* de l'avenir ?

sont pas les siennes, une presse impie ou égarée blasphème
contre l'Église, cherche à soulever les peuples contre elle; et
nous entendons, dans de prétendus congrès sans mandat, dans
les écrits des journalistes qui les inspirent, au milieu des cris de
guerre sociale, des blasphèmes à la fois stupides et sanguinaires,
contre l'Église; et nous voyons même porter jusqu'au sein de
nos assemblées législatives cet antagonisme sans cause, au nom
duquel on vient demander une séparation violente de l'Église
et de la société.

Et naguère, quand la voix du Souverain-Pontife s'éleva pour
signaler le débordement des théories impies ou immorales
qui nous inondent, que de clameurs encore, que d'accusations
imméritées retentirent de toutes parts! Sans comprendre son
langage, on le calomnia; et nous vîmes avec douleur des hommes
politiques, sous le coup d'une émotion précipitée, et sans demander ou attendre les explications nécessaires, se hâter aussi
de proclamer un antagonisme qui, grâce à Dieu, n'existe pas.

Ces hostilités contre l'Église, en éloignant d'elle les peuples
abusés, rendent plus redoutable encore le péril où les erreurs
contemporaines nous entraînent; car les doctrines ne sont pas
inoffensives, et c'est une loi de l'histoire, confirmée par une
expérience constante, que M. de Bonald promulguait, quand
il écrivait ces fortes paroles : « Il y a toujours de grands
« désordres là où il y a de grandes erreurs, et de grandes
« erreurs là où il y a de grands désordres. » Ce sont les idées
qui enfantent les faits; c'est d'en haut que viennent les orages.

Et je le demande aux hommes de bonne foi : Vous avez
voulu fonder le gouvernement des peuples et la conduite de la
vie sur la raison seule. Il y a trois quarts de siècle que cette
expérience se poursuit. Où en est-elle? Les mœurs sont-elles
meilleures? L'autorité est-elle stable? La liberté est-elle
fondée? La guerre a-t-elle disparu? Et la misère? Et l'ignorance? Et ces questions, que la raison pose avec une rare
fertilité d'invention, mais qu'elle ne résout pas, ces questions

qui touchent à l'organisation même des sociétés, au travail, aux salaires, aux ouvriers, où en sont-elles ? Je n'exagère rien en affirmant que, depuis que la raison prétend régner seule, elle règne, comme l'astre des nuits, sur des ombres qu'elle ne peut vaincre, et que la terre est devenue, même dans les sociétés les plus civilisées, un séjour d'inquiétude, de malaise, de division et d'effroi. Le dix-neuvième siècle va finir, agité, las, stérile, incontestablement malade. Bien téméraire serait celui qui oserait affirmer qu'il finira dans la gloire et non dans les abîmes.

IV

Retour sur le passé.

Cependant, je supplie mes amis et mes frères dans la foi de ne rien exagérer. Il est permis d'être triste, en face de l'heure actuelle, je le répète, et j'estimerais peu fier un cœur qui ne se sentirait pas triste. Fils du xixe siècle, les hommes de mon âge avaient fait de beaux rêves, nous avions nourri de généreuses espérances ; nous allons mourir, et mourir déçus. Mais quoi ! notre courte vie est-elle toute l'histoire ? Nous ne vivions pas au xvie siècle, nous ne vivrons plus au xxe, mais l'Église vivait hier, et elle vivra demain. Si j'avais à dire ce qu'elle espère, toutes mes prophéties ne seraient pas lugubres, et si je l'interroge sur ses souvenirs, le temps présent gagnera à être rapproché du passé. Reportons en effet nos regards vers les temps qui ne sont plus : verrons-nous beaucoup de siècles qui n'aient pas eu leurs misères et leurs périls ? Ah ! devant les découragements de certains catholiques, je me souviens de cette parole d'un des Livres sapientiaux : *Ne dicas* :

*Quid putas causæ est quòd priora tempora meliora fuêre
quàm nunc sunt ? Stulta est enim hujuscemodi interrogatio;*
Ne dites pas : « Pourquoi les temps anciens étaient-ils meil-
leurs que ceux d'aujourd'hui? Insensée est cette demande (1). »

Je relisais ces jours-ci les bulles de convocation des anciens
Conciles du moyen-âge : les gémissements des Papes sur les
malheurs de leur époque dépassent ce qu'aujourd'hui pour-
raient faire entendre les plus effrayés. Et pour ne pas re-
monter au-delà du Concile de Trente, que l'Église nous parle
de ces temps, car elle y était. Que voyait-elle alors?

Un siècle assez semblable au nôtre par les grandes décou-
vertes, par le goût des Lettres et la renaissance des Arts ; semblable aussi par le mauvais usage de ces dons. Le XVIᵉ siècle
peuplait l'Amérique récemment découverte, s'y livrait à de
monstrueux excès d'avarice et de cruauté, et y introduisait
la honte de l'esclavage. Il en recevait des trésors, et il les tour-
nait à la corruption des mœurs. Si nous regardons sur les trônes
et au sein des peuples, et jusque dans l'Église elle-même, le
spectacle a encore bien des tristesses. Ce siècle a vu Henri VIII,
Élisabeth, Christiern II, Yvan le Terrible, les Médicis, Charles IX
et Henri III. Ce siècle a vu le sac de Rome et le siége de Paris.
Ce siècle a vu la prétendue réforme déchirer l'Église, bouleverser l'Europe, couper en deux la Chrétienté. Qu'on lise les
vies des grands et saints personnages de ce temps-là, de dom
Barthélemi des Martyrs, de saint Charles Borromée, de saint
François de Sales, quelles révélations sur les maux de l'Église
et de la société! J'ai rappelé les bulles des Papes du moyen-âge :
qu'on lise celles des Pontifes qui ont convoqué le Concile de
Trente, et on verra si Adrien VI, Paul III, Pie IV ne poussaient
pas, sur les périls de la république chrétienne, des cris plus
alarmés que ceux de Pie IX. Des relâchements, des désordres,
des scandales; un clergé mal formé, des ordres religieux

(1) Eccl. vii, 11.

abaissés ; et puis les princes divisés, les peuples foulés, la
guerre tous les jours, en tous les pays. Et pour ne parler que
du Concile, assemblé dans des conjonctures si tristes, il a
fallu le réunir en une petite ville cachée dans les montagnes
du Tyrol, attendre six années la bonne volonté des princes,
le suspendre, le reprendre, et subir d'incessants et injustes
combats.

Mais, vains obstacles! la vertu de l'Église triompha de tout ;
et après le Concile, tout à coup quel spectacle! Quels grands
hommes et quelles grandes œuvres sortis précisément du
Concile, et du souffle régénérateur qu'il avait fait passer sur
la société chrétienne! Saint Charles Borromée, saint Philippe
de Néri, saint Pierre d'Alcantara, sainte Thérèse, saint Jean
de la Croix, saint François de Sales, sainte Jeanne de Chan-
tal, saint Vincent de Paul, saint François de Borgia et saint
François Régis, héritiers de l'esprit des saint Ignace et des
saint François Xaxier; puis, à la suite des Saints canonisés,
les hommes apostoliques qui régénèrent les peuples, le bien-
heureux Pierre Fourrier, le cardinal de Bérulle, M. Olier,
M. Eudes, M. Bourdoise, l'abbé de Rancé et tant d'autres ;
puis ces congrégations multiples, ces fécondes institutions qui
font refleurir la vie cléricale et la vie religieuse, et raniment
partout l'étude, la régularité, la charité : tout ce mouvement
rénovateur enfin dont l'Église est travaillée; puis Bossuet,
Fénelon, et la majestueuse unité du xviie siècle! Et malgré
tous les abîmes que cette mère immortelle des hommes a eus à
franchir, l'Église a maintenant des temples à Jérusalem, la
liberté à Pékin et à Constantinople, la hiérarchie épiscopale
en Angleterre et dans les Pays-Bas, des Conciles à Baltimore,
des missionnaires en Afrique, en Océanie et au Japon; elle
se réjouit au fond de l'âme de voir en tous lieux, malgré tout
ce que la religion a encore à souhaiter et tout ce qu'elle
déplore, des lois plus équitables, des armées moins oppres-
sives, les petits mieux protégés, les pauvres mieux assistés,

les esclaves affranchis. Lorsqu'elle regarde en face la prétendue réforme qui se dressait, pleine d'audace, appuyée
sur la politique au xvie siècle, l'Église aujourd'hui la voit doc-
trinalement défaillante, ayant parcouru son cycle et épuisé
ses armes. Tout au contraire, l'Église catholique dont on
ne pouvait plus, dit-on, supporter les abus, se présente
avec un Pape dont l'éminente vertu force le respect, des
Evêques plus nombreux et zélés, des prêtres pieux, unis,
dévoués, des Ordres savants et vertueux, retrempés dans la
persécution et la pauvreté. Et lorsque cette Église veut assembler un Concile, c'est à Rome même qu'elle le convoque, avec
le secours d'une immense publicité, des chemins sûrs, des trans-
ports rapides, et des facilités de tout genre qu'elle doit à l'esprit,
à l'équité, et aux ressources du temps présent.

On le sait assez, je ne suis pas de ceux qui ferment les yeux
et se taisent sur les maux de notre époque et sur les périls des
âmes. Mais je ne veux pas non plus répondre en ingrat aux
bienfaits de Dieu, et ne pas voir les forces qu'il ménage toujours à son Église, et les facilités qu'il donne au bien dans les
temps les plus mauvais. Il ne faut pas d'ailleurs l'oublier,
c'est le devoir des hommes en tout temps de lutter, et à
chaque siècle sa tâche et sa peine. Je plains, je ne maudis
pas le temps présent : je ne désespère pas des peuples, et je
ne jette pas non plus l'anathème aux princes : ils ne sont pas
tout-puissants, et ils doivent compter eux-mêmes avec bien
des difficultés. Je prie donc pour eux, comme le fait l'Église :
et autant que ma faible voix le peut, je les avertis, et à tous,
princes et peuples, je demande un concours loyal et sincère
pour la grande œuvre de l'Église, qui est la sanctification et la
civilisation du monde.

Ce qui doit surtout nous donner, à nous, hommes du temps
présent, sujet de gémir amèrement, ce sont ces trois maux
arrivés aujourd'hui à l'état aigu : la ruine des croyances, précipitée par la direction impie des études scientifiques et philoso-

phiques ; le débordement des mœurs accéléré par mille moyens
nouveaux de propagande corruptrice ; et enfin les malentendus
injustes que les ennemis de la religion se plaisent à perpétuer
entre l'Église et les peuples modernes. Voilà les trois maladies à
guérir, s'il plaît à Dieu.

Il est certaines personnes, aux yeux de qui ces trois fléaux
ne sont que les résultats partiels de ce qui est pour elles, dans
le présent comme dans le passé, le plus grand de tous les
fléaux, la révolution. Je n'aime pas ce mot vague, mal défini,
qui se dresse et grandit à volonté comme un spectre ; mais
ce qui est très-vrai, c'est que les maux dont je parle entre-
tiennent au sein des sociétés une division des esprits, un mé-
pris de Dieu et de toute autorité, un orgueil et une haine, qui
menacent ces sociétés d'un retour continuel aux révolutions.

V

Le secours offert par le Concile.

Voilà donc pourquoi, Messieurs, l'Église, qui est l'amie des
âmes, et qui ne fut jamais indifférente aux maux de la société,
s'est émue. Sans doute l'Église et la société sont distinctes ;
mais cheminant côte à côte dans ce monde, et renfermant
dans leur sein les mêmes hommes, elles sont nécessairement
solidaires dans leurs périls et leurs douleurs. Et l'Église veut
s'assembler, parce que, pour guérir les maux communs, elle
sent qu'elle peut beaucoup.

Ici, toutefois, gardons-nous encore d'exagérer comme d'atté-
nuer la vérité. Dépend-t-il de l'Église de détruire tous les maux
humains ? Non. Mais dans ce grand labeur, dans ce rude
combat du bien contre le mal, elle a son rôle, un rôle immense,
et elle vient le remplir. L'homme est libre et il fait le bien

librement. Mais il est assisté par la grâce divine, qui l'aide sans nuire à sa liberté; car, comme le disait le grand Pape saint Célestin : *Auxilio Dei liberum arbitrium non aufertur, sed liberatur.* Dépositaire des biens célestes, l'Église est la divine assistante de l'homme, et lui prête, dans l'ordre temporel même, une assistance surnaturelle. Et si aujourd'hui elle s'assemble et se recueille, c'est, encore une fois, pour mieux accomplir sa tâche, et travailler avec plus d'efficacité et depuissance au bien de l'humanité.

« Qui peut douter, s'écrie le Saint-Père, que la doctrine de l'Église catholique ait cette vertu, que non-seulement elle peut servir au salut éternel des hommes, mais encore au bien temporel des sociétés , à leur vraie prospérité, bonne ordonnance et tranquillité? *Nemo enim inficiari unquam poterit catholicæ Ecclesiæ ejusque doctrinæ vim non solum æternam hominum salutem spectare, verum etiam prodesse temporali populorum bono, eorumque veræ prosperitati, ordini ac tranquillitati.* »

Et qui pourrait contester cette puissance sociale et civilisatrice de l'Église? « *La religion! la religion!* s'écriait naguère « un homme d'État éminent (1), *c'est la vie de l'humanité, en* « *tous lieux, en tous temps, sauf quelques jours de crises* « *terribles et de décadences honteuses.* La religion, pour con-« tenir ou combler l'ambition humaine; la religion pour nous « soutenir ou nous apaiser dans nos douleurs, celles de notre « condition ou celles de notre âme! Que la politique , la poli-« tique la plus juste, la plus forte , ne se flatte pas d'accom-« plir sans la religion une telle œuvre. *Plus le mouvement* « *social sera vif et étendu, moins la politique suffira à diriger* « *l'humanité ébranlée. Il y faut une puissance plus haute* « *que les puissances de la terre,* des perspectives plus longues « que celles de la vie. Il y faut Dieu et l'éternité. »

(1) M. Guizot.

Aussi le Saint-Père, après avoir rappelé l'influence bienfaisante de la religion dans l'ordre temporel, proclame de nouveau l'accord, si souvent affirmé par lui, entre la foi et la raison, et le mutuel secours que, dans les vues de la Providence, elles sont appelées à se prêter l'une à l'autre : « De même, dit-il « que l'Église soutient la société, de même la vérité divine « soutient la science humaine ; elle affermit le terrain sous « ses pas, et en l'empêchant de s'égarer, elle favorise ses « progrès : *Et humanarum quoque scientiarum progressui ac* « *soliditati.* »

Entendez bien ces paroles, vous qui essayez vainement d'ériger la science en antagoniste de la foi ! Le Chef de l'Église ne craint pas la science, il l'aime, il la préconise, et il rappelle que les vérités chrétiennes servent à ses progrès et à sa solidité. Les plus illustres savants qui aient paru sur la terre, Leibnitz, Newton, Kepler, Copernic, Pascal, Descartes, auprès desquels nos savants, si leur orgueil n'est pas trop aveugle, se sentent bien petits, le pensaient comme lui.

C'est là, ajoute le Pape, ce que l'histoire de tous les temps démontre avec une irrécusable évidence : *Veluti sacræ ac profanæ historiæ annales splendidissimis factis clare aperteque ostendunt.* Et c'est le sens du mot si connu de Bacon : « Un peu « de science éloigne de la religion ; beaucoup de science y « ramène. » La science, en effet, portée à sa plus grande hauteur, embrasse tout l'ensemble des vérités, et en découvre l'ordre total.

L'ignorance présomptueuse ou les passions aveugles de notre époque peuvent l'oublier ; mais les plus grands esprits ont toujours reconnu cet accord entre la foi et la science, cette harmonie entre l'Église et la société, et repoussé cet antagonisme de nouvelle date, contraire aux témoignages de l'histoire et aux intérêts de la vérité.

Mais ne laissons pas ici, Messieurs, prise aux attaques par des expressions équivoques. Comment l'Église s'y prend-elle

pour transformer les sociétés? L'histoire répond, et la prévention
seule peut imaginer ici des fantômes d'empiètement sur les libertés
légitimes de l'esprit humain. Le Concile de Rome sera le dix-neuvième Concile général, et les quarante ou cinquante peuples qui
y seront représentés ont tous été convertis, de la même façon,
c'est-à-dire portés de la barbarie à la civilisation, par l'autorité de la parole, par la vertu des Sacrements, par l'enseignement des Pasteurs, par l'exemple des Saints : telles sont les
voies de Dieu et l'action de l'Église, tantôt secondées, plus
souvent combattues, par les pouvoirs humains.

Institutrice des âmes, l'Église se sert de la méthode de toute
bonne éducation, l'autorité et la patience. Pendant qu'on doute,
elle affirme ; on dément, elle insiste ; on obscurcit, elle éclaire ;
on divise, elle unit ; elle répète toujours et toujours les mêmes
leçons, et quelles leçons! La vraie nature de Dieu, la vraie
nature de l'homme, la liberté et la responsabilité morale,
l'immortalité de l'âme, la règle sacrée du mariage, la loi de
la justice, la loi de la charité, l'inviolabilité du droit et de
la propriété, le devoir du travail, le besoin de la paix. Cela
toujours, cela partout, cela à tous, aux rois et aux pâtres,
aux Grecs et aux Romains, à l'Angleterre et à la France,
à l'Europe et à l'Australie, sous Charlemagne ou devant
Washington.

La continuité de ces affirmations, j'ose le dire, fait aussi cer-
tainement l'ordre des sociétés et des esprits que le lever du
même soleil fait l'ordre des saisons et la prospérité des travaux
de la terre. O philosophes qui dédaignez l'Église, soyez francs,
que serait devenue sans elle, parmi les peuples, la notion du
Dieu vivant? O protestants, ô grecs, convenez que sans l'Église,
vous auriez vu s'effacer devant vos yeux l'image de Jésus-Christ!
O moralistes et politiques, qu'auriez vous fait, sans elle, de la
famille et de la sainteté du mariage?

Eh bien! ce que l'Église de Jésus-Christ a fait, elle va le
refaire ; ce qu'elle a dit, elle va l'affirmer de nouveau ; elle

continuera sa vie, sa marche, son œuvre, dans le même esprit
de sagesse et de charité ; elle continuera à faire passer les
grandes vérités dont elle est la gardienne dans la raison des
hommes, et c'est par là, par là seulement, par là fortement,
qu'elle agit sur les sociétés.

On l'a dit : la religion des peuples est toute leur morale. Or, la
morale étant la source vraie de la bonne politique et des bonnes
lois, tout le progrès d'un peuple consiste à faire descendre
de plus en plus dans la vie privée et publique les principes
primordiaux de la justice. Donc tout peuple qui marchera
dans le sens chrétien marchera au progrès, et tout siècle qui
voudra résoudre contre l'Évangile les questions qui agitent
l'humanité, fera fausse route, et ira à la décadence. Interrogez
encore ici le passé et il vous répondra. Qui a expulsé du monde
la corruption païenne, qui a civilisé les barbares en les conver-
tissant? Voyez l'Orient, quand le Christianisme y était floris-
sant : et voyez-le sous la domination de l'Islam! L'influence
du Christianisme sur les civilisations est un fait éclatant comme
le soleil. Mais les principes de l'Évangile sont loin d'avoir
donné tout ce qu'ils contiennent, et le temps même ne les
épuisera jamais, parce qu'ils sont d'une profondeur infinie.

Ainsi, bien que les siècles aient tiré du principe chrétien de
la charité, de l'égalité et de la fraternité des hommes, des conséquences qui ont changé l'ancien monde, toutes les applica-
tions sociales de cette belle doctrine sont loin d'être faites;
et c'est même. selon moi, la mission propre des sociétés modernes, de faire pénétrer de plus en plus ce fécond principe
dans les lois et dans les mœurs, et d'en tirer des conséquences
politiques, économiques, et sociales, qui seront l'honneur de ce
siècle, s'il ne sort pas des voies chrétiennes. Mais c'est la mission de l'Église et de ses Conciles de maintenir les principes
évangéliques purs de toute interprétation qui les fausse.

Donc, toute grande manifestation des vérités évangéliques,
tout éclaircissement des obscurités et des méprises, toute en-

tente des peuples avec le Christianisme, est une œuvre de
progrès à la fois social et religieux. Et voilà précisément
l'œuvre du Concile. Voilà pourquoi l'Église va faire ce grand
effort, et déployer, comme dit le Saint-Père, toutes ses forces,
ut omnes nostras magis magisque exaremus vires ; voilà pourquoi les Évêques catholiques viendront de tous les points du
monde, pour se consulter avec leur chef : *Sua nobiscum
communicare et conferre consilia.*

Vainement, dites-vous dans vos injustes et ignorantes préventions, que l'Église est vieille, et que les temps sont nouveaux. Les lois du monde sont vieilles aussi, et toutes les nouvelles inventions, dont vous êtes justement fiers, n'existent et
ne réussissent que par l'application de ces lois.

Ah! vous ignorez de quels éléments à la fois souples et
résistants son divin Fondateur a formé l'Église, et quelle organisation à la fois stable et progressive il lui a donnée. Telle
est la profondeur et la fécondité de ses dogmes et tel aussi
le caractère expansif de sa constitution, qu'elle ne sera jamais
dépassée par aucun progrès de la société humaine, et qu'elle
peut vivre sous tous les régimes politiques. Sans rien altérer de
son symbole, elle tire, de son trésor, comme dit Notre-Seigneur,
de siècle en siècle et selon les besoins des temps, des choses
anciennes et des choses nouvelles, *de thesauro suo profert nova
et retera :* et vous la trouverez toujours prête à s'adapter à
toutes les grandes transformations sociales, et à suivre l'humanité dans toutes les phases de son existence. L'Évangile
est la lumière du monde, et le sera toujours, et c'est pourquoi,
croyez-le bien, le prochain Concile sera une aurore, et non
pas un couchant.

VI

Les craintes mal fondées au sujet du Concile.

Que craignez-vous donc, catholiques timides ou politiques ombrageux? Ah! que plutôt l'humanité se réjouisse de la magnanime résolution de Pie IX : car elle doit être pour ceux qui croient, comme pour ceux qui n'ont pas le bonheur de croire, une solennelle espérance. Si vous avez la foi, vous savez bien que l'Esprit de Dieu préside à de telles assemblées. Sans doute, il y aura là des hommes, et par conséquent des faiblesses possibles. Mais il y aura là aussi de saints dévouements, de grandes vertus, de hautes lumières, un zèle pur et courageux pour la gloire de Dieu et le bien des âmes, un admirable esprit de charité; et, au-dessus de tout une force supérieure et divine, et Dieu, là comme toujours, fera son œuvre.

« Dieu, dit Fénelon, veille, afin que les Evêques s'assemblent toujours librement au besoin, qu'ils soient suffisamment instruits et attentifs, et qu'aucun motif corrompu n'entraîne jamais contre la vérité ceux qui en sont dépositaires. Il peut y avoir dans le cours d'un examen des mouvements irréguliers. Mais Dieu en sait tirer ce qu'il lui plait : il les amène à sa fin, et la conclusion vient infailliblement au point précis qu'il a marqué (1). »

Eût-on même le malheur de n'être pas chrétien et de ne pas reconnaître dans l'Église la voix de Dieu, au simple point de vue humain, qu'y a-t-il de plus digne de sympathie et de respect que cette grande tentative de l'Église catholique pour travailler,

---

(1) 2ᵉ *Instruction pastorale sur le Cas de Conscience*, ch. II, art 3 ; 2 *Mars* 1705.

en ce qui la concerne, à l'illumination et à la paix du monde ?
Et quoi de plus auguste et de plus vénérable que l'assemblée
de ces sept ou, huit cents Évêques, venus d'Europe, d'Asie,
d'Afrique, des deux Amériques, des îles lointaines de l'Océanie :
représentants les plus autorisés par l'âge, la science et la
vertu, de tous les pays qu'ils habitent, de tous les hommes du
globe avec qui ils sont en contact de chaque jour? véritable
sénat de l'humanité. Cela ne se voit nulle part, et cela se verra
à Rome. Et, à moins d'avoir le sens troublé par les plus injustes préjugés, quelles cabales, quelles exagérations, quels
emportements de partis-pris, peut-on craindre d'une réunion
de vieillards venus de tous les points du globe, presque tous
inconnus les uns aux autres, sans autre lien antérieur que la
communauté de la foi et de la vertu? Où trouvera-t-on sur
la terre une plus haute expression, une plus haute garantie
de la sagesse, de la sagesse même telle que les hommes
l'entendent?

J'ai ouï dire que les temps modernes, dégoûtés de la confiance en un seul homme par trop d'expériences, ont foi dans
les assemblées : quelle assemblée pourrait présenter une
telle réunion de lumières, d'indépendance, une telle diversité
dans l'unité?

Que sont ces Évêques? lisez leurs devises :

*Au nom du Seigneur! — J'apporte la paix! — Je veux la
lumière! — Je répands la charité! — Je ne refuse pas le
travail! — Je sers Dieu! — Je ne sais que le Christ! — Tout
à tous! — Triompher du mal par le bien! — Paix dans la
charité!* etc.

Quant à eux, ils ont perdu leurs noms d'autrefois; ils signent
du nom d'un saint et du nom d'une ville. Leur propre nom est
enfoui, comme celui de l'architecte, dans la première pierre du
temple. Voici Babylone, et voici Jérusalem. Voici New-York et
Westminster. Voici Éphèse et Antioche. Voici Carthage et Sidon,
Munich et Dublin. Voici Paris et voici Pékin. Voici Vienne

et voici Lima. Voici Tolède et Malines, Cologne et Mayence.
Et ils se nomment aussi Pierre, Paul, Jean, François,
Vincent, Augustin, Dominique, du nom des grands hommes
qui ont fondé ou éclairé les peuples en leur annonçant
l'Évangile. Ils ne portent pas seulement les noms passés
et présents, mais encore les noms de l'avenir. Celui-ci
est à la Rivière-Rouge, cet autre au Dahomey, celui-là à
l'Orégon, cet autre à Natal, à Victoria, à Saïgon. Nous travaillons à l'avenir, nous qu'on appelle les hommes du passé.
Nous travaillons pour les terres aujourd'hui sans ville et les
peuples encore sans nom. Nous allons plus loin que la science,
au-delà du commerce, là où nous sommes seuls, en avant de
tous. Quand nous ne devançons point vos voyageurs, nous
nous élançons sur leurs pas : et pourquoi? Pour faire des
chrétiens, c'est-à-dire des hommes, c'est-à-dire des nations. De
quoi donc avez-vous peur? En quoi un Concile vous peut-il
faire ombrage, vous qui vous intitulez avec une si superbe
confiance les hommes du progrès, les hérauts de l'avenir?

Seraient-ce les nationalités, les patries, qui se trouveraient
inquiétées par le Concile? Comment les nationalités pourraient-
elles être menacées ou trahies par des hommes qui représentent
toutes les nationalités connues du globe, qui les invoquent,
qui en vivent pour leur propre compte et pour la défense de leur
propre foi! Sont-ce les Évêques de Pologne qui s'entendront
avec les Évêques d'Irlande pour la ruine des nationalités et
pour l'oppression des patries? Mais est-il un Évêque français,
un Évêque anglais, un Évêque de quelque nation que ce soit,
qui le cède à n'importe qui en patriotisme, qui ne se glorifie
d'être aussi bon Français, aussi bon Anglais, aussi bon citoyen
que pas un? ,

Les libertés ont-elles plus d'inquiétudes à concevoir? Que
peuvent-elles redouter d'hommes, qui, depuis les catacombes
jusqu'au massacre des Carmes, n'ont fondé le Christianisme
qu'au sacrifice de leur vie, et n'ont vu couler leur sang que quand
on égorgeait la liberté en même temps que l'Église? Sont-ce les

Évêques d'Amérique qui s'uniront avec les Évêques de la Bel-
gique, de la Hollande et de la Suisse, dans un complot contre
les libertés? Sont-ce les Évêques d'Orient qui s'entendront
avec les Évêques de la France, et tant d'autres Évêques euro-
péens, pour chanter les bienfaits du despotisme?

Non, non; il n'y a rien de vrai dans toutes ces craintes, et
ce ne seraient que vains fantômes à mépriser, s'il n'y avait au
fond de tout cela l'œuvre artificieuse d'une haine qui prévoit
ici le bien et veut à tout prix l'empêcher. Que fera le Concile?
Je ne viens pas le dire : Dieu seul le sait à l'heure où je
parle. Mais je puis dire ce que c'est qu'un Concile, parce
que cela, dix-huit siècles de Christianisme et de civilisation le
savent et l'attestent : un Concile, c'est la force morale par
excellence, c'est la plus noble alliance de l'autorité et de la
liberté que l'esprit humain puisse concevoir, et j'ose même
affirmer qu'il ne l'aurait pas conçue à lui tout seul.

Je n'ai pas à tracer ici les limites de la liberté ni celles du
pouvoir; je n'ai pas à caractériser non plus en ce moment ni
le schisme ni l'hérésie, ni le protestantisme anglais ou allemand,
ni la fausse orthodoxie de la Russie; je ne dirai ici qu'un seul
mot, que je développerai tout à l'heure : c'est que, si les églises
peuvent redevenir sœurs, et si les hommes veulent redevenir
frères, ils ne le pourront jamais ni plus sûrement, ni plus gran-
dement, ni plus tendrement que dans un Concile, sous les aus-
pices et dans le sein de l'Église, qui est la vraie mère.

Sont-ce les différents courants d'opinion que vous croyez
apercevoir dans l'Église qui vous inquiètent? J'aurais quelque
droit de m'étonner ici de votre sollicitude; mais je la veux
bien prendre pour sincère, et je vous réponds : Que vous la
connaissez peu, l'Église! Ses ennemis représentent chaque jour
notre foi comme un joug écrasant, qui nous tient immobiles,
et qui nous empêche de penser. Et quand ils nous voient penser
librement, ils s'étonnent. Mais cela est dans les conditions mêmes
de la vie pour l'Église, et le plus grand mouvement d'idées s'est

toujours fait dans son sein. Il est vrai, nous avons un symbole immuable, et nous ne sommes pas comme les philosophes du dehors qui ne font que chercher et recommencer sans fin leurs recherches ; qui remettent toujours tout en question, qui marchent et n'arrivent jamais. Il y a pour nous des points acquis, définis, sur lesquels nous ne disputons plus. Et ainsi l'Église a des fondements inébranlables, et n'est pas un édifice en l'air. Et toutefois dans l'Église catholique la liberté aussi a sa place. Nos ancres sont puissantes, et nos perspectives sans limites ; car en dehors des points définis, l'espace encore est immense. Même sur les dogmes, l'esprit chrétien a un travail magnifique à accomplir, et qui se poursuivra sans cesse, parce que, comme je le disais tout à l'heure, nos dogmes ont des profondeurs infinies comme Dieu même, et que la raison chrétienne y pourra puiser toujours sans les épuiser jamais.

Qu'on ne soit donc pas étonné de voir, en dehors des points définis, et sur ces questions complexes et difficiles, que le vague langage de la polémique courante ne fait qu'obscurcir, les catholiques penser librement. L'esprit du christianisme a été depuis longtemps défini par saint Augustin en ces mots mémorables : *In necessariis unitas, in dubiis libertas, in omnibus caritas.* Le cours des siècles n'y a rien changé. D'ailleurs, je le disais tout à l'heure et je le rappelle, le Concile, précisément parce qu'il est œcuménique, c'est-à-dire composé des représentants de toutes les Églises de la terre, d'Évêques vivant sous toutes les constitutions politiques, sous tous les régimes sociaux, exclut nécessairement la prédominance d'une école, d'un esprit étroit et national, et les préjugés locaux. C'est le grand esprit catholique, on en peut être sûr, et non pas telles ou telles idées particulières, qui inspirera les décisions ; et, quelles que puissent être les opinions spéciales de telle ou telle fraction, de telle ou telle école, le Concile fera la vraie lumière et l'unité. La liberté demeurera entière pour les points restés en dehors des définitions. Mais ces définitions seront la règle de tous les catholiques, et elles ne doivent d'avance inquiéter personne. Encore une fois, elles ne menacent rien de ce qui peut, à bon droit, vous être cher, hommes de ce temps, rien que l'erreur et l'injustice, qui sont vos ennemis comme les nôtres. Et si vous voulez connaître la vraie pensée de ce magnanime Pontife, objet de tant d'odieuses et ingrates calomnies, et des Évêques, ses fils et ses frères, si vous voulez présumer l'esprit du futur Concile, il est tout entier dans ces belles paroles adressées par Pie IX, il y a un an à peine, à des publicistes catholiques, et inscrites par eux, comme une devise sacrée, sur leur drapeau : « C'est à la charité chrétienne seule qu'il appartient « de frayer la voie, en la débarassant des obstacles, à *cette li-* « *berté*, à *cette fraternité*, et à *ce progrès* dont les âmes sont « si ardemment éprises ; » *Unius est caritatis iter sternere ad libertatem illam et fraternitatem et progressum, quorum desiderio tam acriter incenduntur animi.*

Je ne saurais donc trop le redire, et vous ne saurez trop, Messieurs, le redire vous-mêmes autour de vous, grande est l'erreur de ceux qui dénoncent le futur Concile comme une menace, comme une œuvre de guerre. Nous vivons dans un temps où nous sommes condamnés à tout entendre. Mais nous ne devons pas laisser tout croire. Lorsque, il y a un an déjà, le Pape fit connaître aux Évêques rassemblés à Rome sa résolution de convoquer un Concile œcuménique, que virent dans ce Concile les Évêques du monde entier? Une grande œuvre d'illumination et de pacification : *grande opus illuminationis et pacificationis;* ce sont les termes mêmes de leur Adresse. La bulle tient exactement le même langage. Dans ce Concile œcuménique, qu'est-ce que le Pape demande à ses Frères les Évêques, d'examiner, de rechercher, avec tout le soin possible et de décider avec lui? Ce qui avant tout se rapporte à la paix commune et à la concorde universelle : *Ea omnia quæ communem omnium pacem et concordiam in primis respiciunt.*

Voilà la vérité.

Et quand je relis la bulle tout entière, à chaque page, dans chaque ligne, qu'est-ce que je vois ? L'expression d'une sollicitude bien digne du Père des âmes, pour la société civile non moins que pour l'Église : il ne les sépare jamais ; il prend soin de constater que leurs maux et leurs périls sont communs : *In sanctissimæ nostræ religionis civilisque societatis calamitatibus;* et que la même tempête les bat l'une et l'autre des mêmes flots, *quâ tempestate nunc jactetur Ecclesia, et quibus quantisque malis civilis ipsa affligatur societas ;* qu'à l'heure présente, et dans ce temps qu'on a appelé de transition, la religion et la société traversent toutes deux une crise redoutable, *non solum sanctissima nostra religio, verum etiam humana societas miserum in modum perturbatur ac vexatur;* qu'il y a des hommes aujourd'hui qui voudraient détruire l'Église, s'ils le pouvaient, et bouleverser la Société elle-même jusque dans ses fondements, *ipsam Ecclesiam, si fieri unquam posset, et civilem societatem funditus evertere connituntur.* Et c'est pour porter secours à l'une et à l'autre, pour conjurer les périls qui les menacent à la fois, que le Saint-Père a conçu le dessein d'un Concile ; et le but assigné par lui aux Évêques, c'est précisément de sonder cette situation critique, et d'apporter à cette double plaie le remède : « Il faut, dit-il, que nos vénérables Frères, qui sentent et déplorent comme nous la situation critique de l'Église et de la société, *unâ nobiscum tristissimam rei tum sacræ tum publicæ conditionem maxime dolentes,* il faut qu'ils s'appliquent avec nous de tout leur pouvoir à éloigner, Dieu aidant, de l'Église et de la société, les maux qui les travaillent, *intentissimo studio curandum est ut, Deo bene juvante, omnia ab Ecclesiâ et civili societate amoveantur mala.*

On vous dit que le Pape veut rompre avec la société moderne, la condamner, la proscrire, y jeter un trouble profond : et jamais les maux dont vous souffrez, peuples chrétiens, n'ont ému plus douloureusement le Chef de l'Église, jamais il n'a tiré de son âme des accents plus sympathiques pour vos périls et vos

douleurs. Et, — tout le monde l'a remarqué, — dépouillé des
trois quarts de son petit état, réduit à Rome et au territoire
environnant, placé entre les périls d'hier et ceux de demain,
suspendu sur des abîmes, le Pape n'en paraît point préoccupé ;
ce n'est pas son trône menacé qu'il cherche à défendre : pas
une phrase, pas un mot sur ce grand intérêt : non, dans la
Bulle de convocation, le prince temporel s'oublie et se tait,
le Pontife seul a parlé au monde.'

VII

Le Concile et les Églises séparées.

Nous n'avons pas tout dit. On peut concevoir du futur
Concile d'autres espérances encore. On aime à en prévoir d'autres grands résultats. Les Lettres du Saint-Père aux Évêques
Orientaux non unis, et à nos Frères séparés du Protestantisme, nous le permettent.

A deux époques fatales de l'histoire du monde, deux grandes
scissions, Messieurs, ont été faites dans cet empire des âmes,
qui est l'Église : deux fois la robe sans couture du Christ a été
déchirée par le schisme et par l'hérésie. Ce furent là deux
malheurs de l'humanité, et deux des plus profondes causes qui
ont retardé la marche du monde.

Qui ne le sait? si le vieil empire grec, si l'Orient, n'avait
pas tristement rompu avec l'Occident, il n'eût jamais été
la proie de l'islamisme, qui l'a tant abaissé, et qui aujour-
d'hui encore le tient sous le joug; il n'eût pas entraîné dans
son schisme un autre vaste empire, au sein duquel 70 millions d'âmes gémissent tout à la fois sous le despotisme religieux
et politique.

Et qui peut dire ce que seraient aujourd'hui les peuples
chrétiens de l'Europe, sans le luthéranisme, le calvinisme, et

tant d'autres divisions, et ce que ces séparations malheureuses
ont fait perdre au Christianisme de forces vives, pour maintenir dans la lumière de l'Évangile tant d'âmes que l'incrédulité
lui a depuis enlevées? Qui peut dire surtout combien la diffu-
sion de l'Evangile dans les pays infidèles en a été entravée ?

Fait lamentable ! Il y a, encore à l'heure qu'il est, des millions
d'hommes sur qui ne s'est pas levé l'Évangile, et qui demeurent
plongés dans les ténèbres de l'infidélité. Voyez ces pauvres
païens sur les rivages de leurs îles lointaines ! Ils attendent
vaguement un Sauveur; ils tendent les bras vers le vrai Dieu;
ils appellent, par la voix de leurs misères et de leurs souffrances,
la lumière, la vérité, le salut. Et il y a dix-huit siècles que Jésus-
Christ est venu apporter tous ces biens au monde, et a dit à ses
apôtres cette grande parole : *Prêchez l'Evangile à toute créature !* Eh bien, voici enfin les apôtres de Jésus-Christ, les disciples, les émules de ce Pierre et de ce Paul qui abordèrent un
jour aux rives de l'Italie, qui prêchèrent à nos pères le même
Evangile, et moururent ensemble pour la même foi!

Mais, pauvres Indiens, pauvres Japonais ! derrière les apôtres
de l'Eglise catholique, envoyés par le successeur de celui auquel
Jésus-Christ a dit : « Tu es Pierre, et sur cette pierre je bâtirai
« mon Eglise, » débarquent d'autres missionnaires qui viennent
les combattre ! Qui les envoie? Est-ce Jésus-Christ ? Quoi donc !
Le Christ, comme le demandait autrefois saint Paul avec douleur aux dissidents des premiers siècles, le Christ est-il divisé?
Divisus est Christus ? N'est-ce pas là, ô nos frères séparés, je
vous le demande, pour ces pauvres infidèles, un affreux malheur? Et pour tout cœur chrétien n'est-ce pas à en verser des
larmes ?

Et l'union, si elle était possible, et pourquoi ne le serait-elle
pas, puisqu'elle est le vœu du Seigneur? l'union, maintenant
surtout que toutes les voies sont ouvertes et les distances effa-
cées, ne serait-elle point un pas heureux, et un grand pas, vers
cette évangélisation de toute créature, dont le Seigneur en

quittant la terre a confié la mission à ses apôtres et à leurs successeurs ?

Oui, toute âme, où vit l'esprit de Jésus-Christ, doit éprouver en elle-même comme un martyre de cœur à la vue des séparations, et se sentir pressée de pousser vers le ciel, la prière du Sauveur, et le cri de l'unité : « Mon Père, qu'ils soient tous « un, comme vous et moi nous sommes un. » Eh bien! voilà la grande préoccupation qui domine le Chef de l'Eglise catholique, lorsqu'oubliant ses propres périls, et mu par cette sollicitude de toutes les Eglises qui pèse sur lui, *sollicitudo omnium Ecclesiarum*, il convoque le Concile œcuménique. Il se tourne vers l'Orient et l'Occident, et il adresse à toutes les communions séparées une parole de paix, un généreux appel à l'unité : quel que soit l'accueil fait à sa parole, qui ne verrait dans ce suprême effort pour l'union de tous les chrétiens une pensée du ciel, inspirée par Celui qui a voulu que son Eglise fût une, et qui a dit, comme le Saint-Père se plaît à le rappeler : « C'est à cela, c'est à cette marque précisément qu'on vous « reconnaîtra pour mes disciples. »

A cette pensée, à ce vœu, nos Frères d'Orient et d'Occident répondront-ils ?

L'Orient! Comment ne pas être ému devant ce berceau de l'antique foi, d'où nous est venue la lumière! J'ai vu les Évêques catholiques de l'Orient tressaillir à l'annonce du futur Concile, et espérer pour leurs Églises un réveil de vie nouvelle et de féconde activité.

Mais les Eglises orientales désunies refuseraient-elles d'entendre ces « paroles de paix et de charité » que le Saint-Père vient de leur adresser, « dans toute l'effusion de son cœur (1)? » Et pourquoi seraient-elles sourdes à cet appel? Par quelles craintes surannées ou chimériques ?

_____

(1) Lettres apostoliques de S. S. Pie IX à tous les Évêques des Eglises du rit oriental qui ne sont pas en communion avec le Saint-Siège apostolique, du 8 septembre 1868.

Qui ne l'a remarqué, et qui n'en a été profondément touché ?
Avec quelle délicatesse, et quel accent de particulière tendresse,
le Saint-Père parle de nos Frères orientaux, qui, au milieu de
cette Asie musulmane, « reconnaissent comme nous et adorent
« Jésus-Christ ; » et qui, « rachetés de son très-précieux sang,
« ont été agrégés par le saint Baptême à son Eglise ! » Quels
égards pour ces Églises antiques, aujourd'hui si malheureusement détachées de la grande unité, mais qui, autrefois,
« jetaient tant d'éclat par la sainteté et la doctrine céleste, et
« donnaient des fruits abondants pour la gloire de Dieu et le
« salut des âmes (1) ! »

Et en même temps, quelle mansuétude, quel oubli de tous
les griefs irritants ! Le Saint-Père ne parle que de charité et de
paix ; il ne demande qu'une chose, c'est que, « les anciennes
« lois d'amour étant renouvelées, et la paix de nos pères, ce
« salutaire et céleste don du Christ, pour un temps disparu,
« étant solidement rétablie, la sereine lumière d'une union
« désirée brille aux yeux de tous, après les nuages d'un long
« deuil et la sombre et triste obscurité des longues dissi-
« dences (2). »

Ce désir d'union et de paix, si profond, non-seulement dans
le cœur du Saint-Père, mais encore, que nos Frères orientaux
n'en doutent pas, dans le cœur de tous les Évêques et de tous
les chrétiens d'Occident, comment ne serait-il pas le vœu de leur
foi, à eux aussi, et à quiconque porte le nom de chrétien sur
la terre ! Mon Dieu ! y a-t-il donc un bien dans ce déchire-
ment de la robe du Christ ? Et que gagnent, en lumière
et en charité, je le leur demande, les Églises du vieil Orient, à
ne plus communiquer avec celles de l'univers entier ? Qui les
arrête ? Sommes-nous donc encore au temps des subtilités mé-
taphysiques et des arguties du Bas-Empire ?

(1) *Ibidem*
(2) *Ibidem.*

4

Je parlais tout à l'heure des peuples infidèles : que nos
Frères les Évêques orientaux me permettent de leur rappeler
ici quel est en ce moment l'état du monde entier, et la situation de l'Église de Jésus-Christ par toute la terre. Si en tout
temps l'Église de Jésus-Christ eut à lutter, n'est-elle pas en
ce moment plus que jamais combattue et pressurée? L'esprit,
malheureusement impie, des révolutions ne s'élève-t-il pas
contre elle de toutes parts? Et vous, Églises orientales, unies
ou non unies, n'avez-vous pas aussi vos périls? Votre liberté
spirituelle n'est-elle pas sans cesse en proie? Est-ce que le
Christianisme n'est pas chez vous entouré d'ennemis acharnés,
à droite, à gauche, de tous côtés? Et même le vent d'impiété
qui agite l'Europe, maintenant que les distances n'existent plus,
ne souffle-t-il pas aussi jusqu'en Asie, et ces races croyantes de
l'ancien Orient lui-même, sous les efforts répétés d'une presse
irréligieuse, sont-elles bien sûres de n'être jamais entamées ?

Dans une situation si grave, faite partout à l'Église de Jésus-
Christ par le malheur des temps, le premier besoin de tous les
chrétiens n'est-il pas de mettre fin aux dissidences qui affai-
blissent, et de chercher dans le rapprochement et dans la paix
l'union qui fait la force? Quel Évêque, quel vrai chrétien, médi-
tant devant Dieu sur ces choses, pourrait dire : Non, la division
est un bien, l'union serait un malheur! Qui ne voit au contraire que l'union, que le retour à l'unité, est le bien certain
des âmes, la volonté manifeste de Dieu, et serait le salut de
vos Églises? Quoi donc? Y a-t-il des considérations person-
nelles, des motifs humains quelconques, supérieurs à ces grands
intérêts et à ces grands devoirs? Vos pères, ces illustres docteurs, les Athanase, les Grégoire de Nazianze, les Basile, les
Cyrille, les Chrysostôme, ont-ils fait difficulté d'incliner leur
front glorieux devant celui qu'ils appelaient « la pierre ferme
« et solide sur laquelle le Sauveur a bâti son Église (1) ? » S'ils

---

(1) *Ibidem*, paroles de saint Grégoire de Nazianze, citées par le Saint-Père.

vivaient aujourd'hui, ne fouleraient-ils pas chrétiennement et
noblement aux pieds une indépendance qui n'est pas selon le
Christ, et toutes les suggestions d'un orgueil aveuglé? Si les
siècles passés ont fait une faute, faut-il donc qu'elle soit éternelle?

Mais le temps, si vous écoutez ses leçons, ô nos Frères
orientaux! ne vous apporte-t-il pas ici de graves enseignements?
Vous, que le despotisme d'un côté, que l'islamisme de l'autre,
environnent, pouvez-vous ne pas sentir enfin les périls de
l'isolement et les conséquences fatales de la rupture?

Dieu me garde de toute parole qui pourrait tant soit peu vous
être pénible, moi qui viens à vous, en ce moment, avec toute
la charité de Jésus-Christ!

Mais enfin, soit que je pense à ces populations malheureuses,
dont l'âme et la terre sont devenues stériles sous le joug de la
religion de Mahomet, soit que je tourne mes regards vers ces
populations russes, religieuses, graves dans leurs mœurs, qui
demeurent dans la foi à Jésus-Christ malgré l'abaissement de
leurs églises, et malgré la suprématie d'un Czar auquel sa prétendue orthodoxie n'inspire pas même un peu de justice et de
pitié pour la Pologne! je me sens ému au plus vif de mon
âme, et je prie pour tant de peuples dignes d'un si profond
intérêt, d'une si grande compassion.

O nos Frères séparés d'Orient, Grecs, Syriens, Arméniens,
Chaldéens, Bulgares, Russes et Slaves, et vous tous que je ne puis
nommer, voici que l'Église catholique vient à vous, et vous tend
les bras! O nos Frères, venez!

Elle va s'assembler tout entière : de tous les points du
monde habité, de notre Occident, de votre Orient, du Nouveau-
Monde aussi et des îles lointaines, ses Évêques vont accourir
à la voix du Chef suprême, à Rome, au centre de l'unité. Eh
bien, elle ne veut pas s'assembler sans vous. O nos Frères,
venez!

Voici une de ces occasions solennelles, rares, telles qu'il
faut des siècles pour qu'il s'en rencontre de pareille : l'Église

catholique vous offre la paix : « Nous vous prions de toutes
« nos forces, vous écrit le Saint-Père , nous vous pressons
« de venir à ce Synode général, comme vos ancêtres vinrent
« au Concile de Lyon et au Concile de Florence, afin de re-
« nouveler l'union et la paix (1). » Est-ce que de votre côté
vous refuseriez de faire un seul pas vers nous, et laisseriez-vous
ainsi échapper une circonstance si favorable ? Qui donc
voudrait prendre sur soi une si redoutable responsabilité ?
O nos Frères, venez !

Le cœur de l'Église de Jésus-Christ ne change pas ; mais les
temps ont changé, et les causes qui ont fait tristement échouer
les efforts tentés par nos pères, grâce à Dieu, ne subsistent plus.
O vous tous, ô nos Frères, venez enfin !

Pour nous, nous sommes pleins d'espérance, et quelles que
soient les résistances que la surprise du premier moment peut-
être, ou les antiques préventions aient suscitées , tout nous
paraît prêt pour de grands retours : « Rome, s'écriait autrefois
« Bossuet ne cesse de crier aux peuples les plus éloignés, afin
« de les appeler au banquet où tout est fait un ; et voilà qu'à
« cette voix maternelle les extrémités de l'Orient s'ébranlent, et
« semblent vouloir enfanter une nouvelle chrétienté ! »

O Dieu ! puissions-nous voir ce spectacle ! Quelle joie pour
votre Église sur la terre, au milieu de tant de rudes combats et
d'amères douleurs ! Quelle joie aussi pour l'Église du Ciel, et
particulièrement, ô Églises d'Orient, pous vos Saints et pour vos
Docteurs, « lorsque, comme le dit le Saint-Père, du haut du Ciel,
« ils verront rétablie l'union avec le Siége apostolique, centre de
« la vérité catholique et de l'unité ; union que, pendant leur vie
« ici-bas, ils travaillèrent à réchauffer, à propager par toutes
« leurs études et leurs infatigables labeurs, par la doctrine et
« par l'exemple, embrasés qu'ils étaient de la charité répandue
« dans leurs cœurs par le Saint-Esprit, pour Celui qui a tout

(1) *Ibidem*

« réconcilié et pacifié au prix de son sang, qui a voulu que le
« signe de ses disciples fût dans la paix, et qui adressait cette
« prière à son Père : Faites qu'ils ne soient qu'un, comme nous
« ne sommes qu'un (1) ! »

Ah! voilà bien le langage de l'Église, de la vraie Église de
Jésus-Christ, qui, seule entre toutes les Sociétés chrétiennes,
pousse un cri maternel, et redemande tous ses enfants, parce
qu'elle est la vraie Mère!

Et voilà pourquoi aussi le Souverain Pontife, après s'être tour-
né vers l'Orient séparé, se retourne vers les autres communions
chrétiennes non catholiques, et adresse à tous nos Frères du
Protestantisme le même pressant appel.

Le Protestantisme! « Ah! s'écriait encore Bossuet, dans
« son ardent amour, dans ses vœux passionnés pour l'unité,
« nos entrailles s'émeuvent à ce nom, et l'Église toujours mère
« ne peut s'empêcher dans ce souvenir de renouveler ses gé-
« missements et ses vœux. »

Ce sont ces gémisssements et ces vœux que de nouveau le
Saint-Père a fait entendre, dans cette lettre apostolique adressée, quelques jours après le Bref pour les Évêques Orientaux,
« à tous les Protestants, et autres non Catholiques, » et dans
laquelle, après avoir déploré les malheurs de la division, et
montré les grands biens de l'unité voulue par Notre-Seigneur,
« il exhorte, il supplie tous les chrétiens séparés de lui de
« revenir au bercail de Jésus-Christ. » « Dans toutes nos prières
« et nos supplications, continue-t-il, nous ne cessons jamais
« de demander humblement pour eux, le jour et la nuit, les
« lumières célestes et l'abondance des grâces au Pasteur
« éternel des âmes, et nous attendons, les bras ouverts, le
« retour de nos enfants égarés (2). »

(1) *Ibidem.* — Éternellement l'unité sera le caractère de la vraie Eglise.
Toute la question de l'Eglise se réduira toujours principalement à cette question : *Où est l'unité?*
(2) Lettres apostoliques du 13 septembre 1868.

Voilà ce que dit le Saint-Père, et avec lui toute l'Église. Eh bien! espèrerons-nous, et prierons-nous toujours en vain, et l'œuvre de retour serait-elle donc aussi difficile que plusieurs le pensent?

Les préventions, je le sais, sont fortes encore; et la difficulté que rencontre dans la noble Angleterre l'œuvre de tardive justice qui vient de commencer, en est une preuve entre tant d'autres; mais précisément le Concile peut ici encore dissiper bien des malentendus, et par l'apaisement des cœurs, préparer le retour des esprits.

Et à qui serait tenté de m'accuser d'illusion, je répondrais que, parmi ceux de nos frères séparés que n'emporte pas le triste courant du rationalisme, le nombre devient plus grand chaque jour des âmes qui déplorent la rupture de l'unité — j'en atteste l'Angleterre, j'en atteste l'Amérique; — je répondrais que, plus d'une fois, moi-même, j'ai, sur ce sujet, reçu de douloureuses confidences, et entendu des cœurs souffrants appeler comme nous de leurs profonds gémissements le jour où pourrait enfin s'accomplir cette parole du Maître: *Unum Ovile et unus Pastor.* Est-il donc dit que ce jour n'arrivera jamais? Les séparations sont-elles nécessaires? Et pourquoi ne serions-nous pas destinés à voir les temps entrevus et salués par Bossuet?

Ici, sans doute, les difficultés dogmatiques sont graves; mais elles disparaissent si on ôte la plus grave de toutes, selon moi, cette négation de toute autorité doctrinale dans l'Église, cette liberté absolue d'examen, qui se confond, bon gré mal gré, avec le principe même du rationalisme. Par là, en effet, le protestantisme porte au cœur le vice originel d'une inconséquence radicale, que déplorent, chez nos Frères séparés, les esprits les plus éclairés et les plus fermes; et c'est là notre espoir, au moins pour de nombreux retours partiels, et peut-être, Dieu le veuille! pour de plus grands rapprochements.

Ce point capital résolu, — et la solution en est facile au

simple bon sens et à la bonne foi courageuse, – tout le reste
s'évanouit. La raison dit avec évidence que Jésus-Christ n'a pas
pu vouloir constituer son Eglise sans cet essentiel principe de
stabilité et d'unité, sous peine de fonder un christianisme inca-
pable de durer et de se perpétuer semblable à lui-même; une
religion livrée en proie à toutes les mobilités des interprétations individuelles : cela est évident de soi, indépendamment de
tout texte..

Mais il y a des textes qui, pour des esprits droits, et sans
grandes disputes, entraînent également tout : je n'en rappellerai que trois ; le premier : *Tu es Petrus*, Tu es Pierre,
la primauté de saint Pierre et du Chef de l'Eglise ; le second :
Hoc est corpus meum, Ceci est mon corps, l'Eucharistie ; le
troisième : *Ecce mater tua*, Voici votre mère, la Sainte Vierge.
Avez-vous pu effacer de l'Évangile ces trois paroles ? Les avez-
vous assez méditées, et tant d'autres non moins décisives ?

Puis de l'Évangile passez à l'histoire, et des textes passez aux
faits.

Que l'élément vivant du christianisme complet vous manque,
les faits ne vous le disent-ils pas bien haut ? Car, d'une part, vous
avez eu le temps de connaître à fond les auteurs de la rupture,
et de l'autre, vous avez pu en considérer les suites. Depuis trois
siècles, vous êtes en face de l'Évangile, depuis trois siècles, vous
êtes en face de l'histoire. Eh ! bien, ces trois siècles écoulés ne
vous ont-ils pas apporté, sur ce point capital, un nouveau et
solennel enseignement ? Le principe du protestantisme, en se
développant, a porté ses fruits, et la prévision des docteurs
catholiques dans les anciennes controverses, se réalise tous
les jours sous vos yeux. Le protestantisme contemporain va
de plus en plus se dissolvant dans le rationalisme; beaucoup de ses ministres, ils le proclament eux-mêmes, n'ont
plus la foi surnaturelle, et naguère un cri d'alarme, parti
de son sein, a retenti jusque dans nos assemblées politiques :
mais cri perdu dans l'air ! La dissolution ira, malgré de

nobles efforts et de chrétiennes résistances, grandissant toujours, et ruinant de plus en plus ce christianisme incomplet, auquel manque la force essentielle qui conserve et qui préserve, l'autorité. Perdre le christianisme dans le pur philosophisme, voilà, bon gré mal gré, où tend le protestantisme moderne. Mais de l'excès même du mal peut sortir le bien; et quoi de plus propre à éclairer, sur le vice radical des Églises protestantes, les âmes abusées, mais droites, qui veulent encore rester chrétiennes, que ce spectacle de décomposition, en regard de la puissante unité de l'Église catholique et du Concile qui va en être la vivante manifestation ?

Il est une autre espérance, peu d'accord, j'en conviens, avec les probabilités humaines, mais que ma foi en la miséricorde divine ne me défend pas de concevoir, c'est que les juifs eux-mêmes, les enfants d'Israël, qui, mêlés à nous, vivent aujourd'hui de notre vie sociale, sentiront quelque chose qu remuera leurs cœurs, et les amènera, dociles enfin à la voix de saint Paul, au sein de l'Église. Dans les Juifs, en effet, si visiblement, si longuement punis, je ne puis pas ne pas reconnaître mes aïeux dans la foi, les enfants de Moïse, les compatriotes de Joseph et de Marie, de Pierre et de Paul, ceux dont celui-ci a dit : « A eux l'adoption divine, et la gloire, et le Testament, et la Loi, et les promesses, et les Patriarches, et par eux, selon la chair, le Christ qui est le Dieu béni au-dessus de tout dans les siècles des siècles » : *Quorum adoptio est filiorum, et gloria, et testamentum, et legislatio, et promissa, quorum patres, et ex quibus Christus secundum carnem, qui est super omnia Deus benedictus in sæcula* (1). Je les supplie donc de croire à Celui qu'ils attendent, je les supplie de croire à dix-huit cents ans d'histoire, car l'histoire, comme un cinquième Évangile, prouve la venue et la Divinité du Messie.

Ne vous étonnez pas, Messieurs, si je me sens plein de com-

(1) *Ad Romanos*, ix, 4, 5.

passion pour les protestants, les grecs, les juifs, tandis qu'on
m'accuse d'être dur pour les inventeurs de l'incrédulité moderne. Je sais distinguer entre les erreurs qui commencent et
les erreurs qui finissent, entre les auteurs responsables, les
coupables, qui sèment l'erreur sciemment, et les victimes
innocentes, de bonne foi, qui, après des siècles, y demeurent
attachées. Comment ne me sentirais-je pas ému jusqu'aux
larmes en voyant ces populations de mon pays, ces ouvriers,
ces paysans, si laborieux et si dignes de toutes nos sympathies,
ces jeunes gens de nos écoles dont l'esprit ardent appelle la
vérité, et qui tombent, avant de se connaître eux-mêmes, aux
mains des maîtres de l'erreur? Lorsque, il y a quelques années,
le réveil de la foi était si sensible, et qu'un progrès décisif vers
le bien semblait s'accomplir, voilà tout à coup que des ténèbres
se forment, des abîmes s'ouvrent, le souffle d'une science impie
et d'une presse violente devient le plus fort, et ce beau navire de
la foi et de la prospérité française menace de sombrer en sortant
du port! Ah! je maudis les auteurs d'un si cruel naufrage,
tandis que je me sens plein de pitié pour tant d'âmes sincères
que je vois parmi nos Frères séparés, nés dans l'erreur, mais
qui ne l'ont pas fait naître! Avec quelle ardeur je tends vers
ces âmes captives mes bras fraternels! Qu'ils reviennent à
l'Église; car c'est elle qui leur garde Jésus-Christ, le Dieu de
la vérité totale, et les convie à ce grand banquet du père de
famille, où, comme dit si bien Bossuet, « tout est fait un. »
    Puisse le prochain Concile, œuvre de pacification et de lumière,
rapprocher enfin de nous tant d'âmes qui nous appartiennent
déjà par leur sincérité, par leurs vertus, et, je le sais de plusieurs,
par leurs vœux! Que ce soit là du moins, Messieurs, le vœu de
tous les catholiques! Oui, ouvrons nos cœurs, avec plus d'effusion que jamais, à tous ces frères bien-aimés; souhaitons, c'est
le désir du Saint-Père, que le futur Concile soit un puissant et
heureux effort vers l'union, et faisons monter sans cesse vers
le ciel la prière du Maître : *Sint unum, sicut et nos!*

VIII

L'Église catholique.

O vous, à qui les devoirs de ma charge m'obligent de m'a-
dresser obstinément, *opportunè, importunè*, disait saint Paul,
parfois avec d'austères paroles sur les lèvres, mais toujours
avec la charité dans le cœur, adversaires de ma foi, qui
que vous soyez, philosophes, protestants, indifférents, et je
voudrais que ma parole pût aller jusqu'à vous aussi, pauvres
païens, perdus dans les ténèbres des superstitions qui couvrent encore la moitié du globe! O mes Frères, que je voudrais
pouvoir vous faire goûter un seul instant la paix profonde
que l'on éprouve à vivre et à mourir dans les bras de la sainte
Église catholique! Soyez ici mes témoins, vous qui êtes mes
Frères dans le sacerdoce, et vous tous, fidèles chrétiens, de
tout rang, de tout sexe, de tout âge? Quand on se sent
environné de cette lumière, assuré par ces espérances,
précédé par ces créatures sublimes qui se nomment les
Saints, dont l'Église de la terre aujourd'hui salue la gloire
dans les cieux, rattaché à la tradition de tous les siècles chrétiens par les successeurs des Apôtres, et fondé enfin sur Jésus-
Christ, quelle joie! quelle compagnie! quelle force! et quel
repos dans la certitude et la lumière!

J'en suis convaincu, et chaque jour m'en apporte la preuve :
à entendre les cris qui se poussent contre nous, vous croiriez
qu'on nous déteste. Eh bien, non, le sentiment dominant chez
nos ennemis n'est pas toujours la haine. Il y en a un autre qu'ils
n'avouent pas, mais qui est plus fréquent chez eux, c'est
l'envie. Oui, ils nous envient parfois, et l'athée se dit tout
bas, au moment même où il insulte le chrétien : Qu'il est
heureux!

Ne croyez pas non plus, Messieurs, à ce que vous entendez dire de l'Église, que sa face auguste est à jamais défigurée par la calomnie, et que les hommes commencent à ne plus voir en elle qu'une maîtresse de tyrannie et d'ignorance. Ces préjugés violents ont assurément de la force; nos ennemis et nos fautes se chargent de les propager. Mais l'Église, en dépit de tout cela, et le Concile œuménique en donnera bientôt une nouvelle preuve au monde, n'en demeure pas moins l'É-pouse du Christ, sans tache et sans ride, malgré les défaillances de ses enfants, et il n'est pas un de ceux qui l'attaquent, qui puisse dire, pour peu qu'il ait de bonne foi, quel mal lui a fait l'Église! *Popule meus, quid feci tibi?*

Quel mal! Habitants des villes et des campagnes, vous lui devez la pureté de vos enfants, la fidélité de vos femmes, la probité de vos voisins, la justice de vos lois, des fêtes dans vos vies monotones, un peu d'art au milieu de vos petites demeures, et l'espérance par-delà le cimetière et la tombe?

Voilà le mal qu'elle vous a fait, cette ennemie du genre humain !

Et si vous savez vous élever au-dessus de votre personne, au-dessus de votre intérêt, au-dessus de votre hameau, si vos pensées montent un peu plus haut que la fumée qui sort de vos toits, quel spectacle offre à vos regards l'Église catholique, si grande déjà, si bonne dans la petite histoire de chacun de nous, plus grande et plus bienfaisante dans l'histoire des laborieux développements de la société humaine !

Compagne inséparable de l'homme sur la terre, elle souffre, elle lutte avec lui ; elle a assisté, inspiré, guidé l'humanité dans toutes ses transformations les plus douloureuses et les plus glorieuses.

C'est elle qui a fait surgir du milieu même de la corruption païenne des vertus dont la terre ne savait pas même le nom, et des âmes d'une pureté, d'une élévation, d'une noblesse telles, que le monde encore aujourd'hui devant elles tombe à genoux!

C'est elle qui a dompté et transfiguré les Barbares, et qui, pendant le long et périlleux enfantement des modernes sociétés au moyen-âge, a courageusement combattu le mal, et présidé à tous les progrès.

Et c'est elle aujourd'hui encore, ingrates sociétés modernes, qui vous aidera, si vous ne rompez pas tristement avec elle, à dégager, au milieu de tous ces éléments confus qui s'agitent en vous, les germes de vie des principes de mort, en maintenant inébranlables les vérités qui seules peuvent vous sauver.

Ah ! Messieurs, on ne sait pas assez ce qu'est l'Église catholique! On vit au milieu d'elle, on en fait partie, et on ne la connaît pas. On ignore, et ce qu'elle fut, et ce qu'elle est dans le monde, et la mission que Dieu lui a donnée, et les forces vives, les priviléges divins déposés en elle, afin qu'elle puisse accomplir éternellement sa tâche sur la terre, maintenir immuables ici-bas la vérité et le bien, la lumière et les vertus, et demeurer toujours comme le dit l'Apôtre : *Ecclesia columna et firmamentum veritatis.*

Certes, je n'ai jamais entendu reprocher à une colonne d'être immobile; que deviendrait l'édifice, si la colonne bougeait? Pourquoi donc reprochez-vous à l'Église d'être immobile, et combien cette immobilité ne vous est-elle pas salutaire? Où en seriez-vous, s'il y avait des tremblements de la vérité comme il y a des tremblements de terre? Pendant que vous dispersez, nous unissons. Pendant que vous perdez, nous maintenons. Nous pouvons dire aux doctrines : Nous vous avons connues à Alexandrie ou à Athènes, vous, vos mères, vos filles et vos alliées. L'Église peut dire aux nations, dont le Pape réunit les ambassadeurs : France, tu as été formée par mes Evêques, dont tes rues et tes villages portent les noms! Angleterre, qui donc t'a faite, et pourquoi as-tu été appelée l'île des Saints? Allemagne, tu es entrée dans la civilisation de l'Occident par mon envoyé saint Boniface; Russie, où en serais-tu, sans mes Cyrille et mes Méthodius? Rois, j'ai connu vos ancêtres. Avant les Hapsbourg, les Bourbon, les Romanoff, les Brunswick, les Hollenzollern, les Bonaparte et les Carignan, j'étais antique et j'avais vu mourir les Césars et les Antonins. Demain, je serai toujours la même. Sans argent, sans demeure, sans puissance, dites-vous? Cela se peut, et j'ai cent fois traversé ces épreuves, toujours prête à adresser aux nations le petit mot de Jésus à Zachée : « Mon ami, demain je demeurerai chez toi. » Si je quitte Rome un moment, j'habiterai à Londres, à Paris, ou à New-York. Il n'y a que l'Église et le soleil qui puissent affirmer avec certitude que le lendemain, sans faute, on les verra se lever, et c'est ce que fait l'Église en osant, au milieu du tumulte de l'heure actuelle, annoncer un Concile.

Spectacle admirable, que notre siècle voudrait ne pas admirer, mais dont il est contraint de reconnaître la grandeur! Oui, les regards fatigués se reposent avec une irrésistible émotion sur cette colonne majestueuse, seule debout au milieu des débris du temps passé et du nivellement actuel de toutes les grandeurs humaines. Les indifférents eux-mêmes se sentent troublés, surpris, attirés, à la vue de cette Église attestant par un si grand acte sa puissance immortelle ; et après avoir épuisé toutes les doctrines, plus d'un est tenté de dire au Pontife suprême ce que saint Pierre, le premier Pontife, a dit à Jésus : « Maître, à qui irions-nous? Vous avez les paroles de « la vie éternelle! »

Écoutez ces paroles de la vie, vous qui doutez, vous qui cherchez, vous qui souffrez! Écoutez-les aussi, vous qui triomphez, vous qui jouissez, vous qui accablez les hommes! Écoutez les paroles que l'Église catholique fait répéter simplement, à chaque lever du soleil, par les petits enfants :

Credo, je crois! Je crois en un seul Dieu créateur. Voilà, savants, la réponse à vos incertitudes.

Credo, je crois! Je crois en un Sauveur du monde, qui a, par sa naissance consacré la pureté, par ses préceptes confondu l'orgueil, par ses souffrances déshonoré l'injustice, par sa résurrection prouvé sa divinité et notre immortalité : je crois en

Jésus-Christ! Voilà, pauvres gens affligés, pauvres peuples opprimés, la réponse à vos désespoirs.

Credo, je crois! Je crois au Saint-Esprit, à la sainte Eglise catholique, à la communion des justes, morts et vivants, à la rémission des péchés, au jugement, et à la vie heureuse de tous ceux qui auront combattu le bon combat. Voilà, protestants ou philosophes, si divisés dans vos affirmations, si bornés dans vos espérances, la réponse à vos querelles! Voilà, potentats oppresseurs, la réponse à vos iniquités! Et voilà aussi, ô mort impitoyable, la réponse à tes rigueurs!

Aimer, espérer, croire! Tout est là, et c'est l'Église qui seule garde aux hommes ces trésors dans l'inébranlable majesté et dans l'universelle vérité de ce *Credo*, que le dix-neuvième Concile, à l'aube du vingtième siècle, se prépare à redire avec le deux cent soixante-deuxième successeur du batelier Pierre, premier apôtre de Jésus-Christ.

Mais cessons de parler, mes Frères, cessons de disputer, cessons de craindre, et, fléchissant le genou, prions!

O Dieu! qui connaît les secrets de votre Providence, et qui sait les merveilles que l'Église peut encore montrer au monde, si les passions et les fautes des hommes ne viennent pas à la traverse!

O Dieu! si la religion et la société, appuyées l'une sur l'autre, poursuivaient d'un commun accord leur marche bienfaisante, quel grand pas vers l'établissement de votre règne sur la terre, vers le vrai progrès des nations, vers la liberté par la vérité, vers la vraie fraternité des hommes, vers l'extinction des révolutions et des guerres, vers la paix du monde!

Ah! une ère nouvelle pourrait s'ouvrir, et un nouveau grand siècle apparaître dans l'histoire!

Ouvrons nos âmes à ces espérances, demandons à Dieu

les vrais biens, et ne prévoyons les malheurs possibles que
pour les prévenir. Qu'on sache du moins que les catholiques
ne sont pas les hommes du découragement, ni des sinistres
prédictions, ni des défis irritants, mais les hommes de la charité, des nobles espoirs, des pacifiques efforts, en même temps
que des luttes généreuses.

Invoquons saint Pierre et saint Paul, invoquons la Vierge
Marie, Mère de Jésus, honneur et patronne céleste de la famille
des hommes; et, unis aux âmes de tous les saints, prions l'a-
dorable Trinité qui règne dans les cieux!

Prions, afin que le Concile puisse accomplir son œuvre! que
les peuples chrétiens ne repoussent pas ce suprème effort que
l'Église tente pour les secourir! que la lumière se fasse dans
les esprits, et que les cœurs s'apaisent! que les malentendus
s'éclaircissent, que les préventions se dissipent, que les griefs
sans cause disparaissent, qu'une nouvelle efflorescence du christianisme et par conséquent de la civilisation se fasse dans le
monde! que les retours tant désirés et si nécessaires s'ac-
complissent!

Prions, pour que les Souverains, selon le vœu et la demande
formelle que leur en adresse le Saint-Père, abjurant tous
vains ombrages, favorisent, par la liberté des Évêques, la
future assemblée de l'Eglise, et lui laissent faire en paix son
Concile.

Prions, pour que les peuples aussi, comprenant les inten-
tions maternelles de l'Église, et fermant l'oreille aux calomnies,
attendent avec confiance et acceptent avec docilité la parole
de leur Mère.

Prions, pour que ses adversaires déclarés eux-mêmes, fassent
trève à leurs soupçons, à leurs colères, au moins jusqu'à ce
qu'elle ait rendu, dans son Concile et sous l'inspiration de
l'Esprit-Saint, des décrets dont la sagesse et la charité les
touchent.

Prions, pour que tant d'hommes de bonne foi, savants,

hommes politiques, chefs de famille, tant d'hommes de travail, tant d'hommes de cœur, que la lumière de Jésus-Christ n'éclaire pas encore, en reçoivent les bienfaisants rayons.

Prions, pour que les vœux inquiets de tant de mères, de sœurs, d'épouses, de filles, qui maintiennent obscurément la pureté, la sainteté dans les familles, sans pouvoir souvent y faire descendre la foi, soient enfin exaucés.

Prions, pour qu'enfin l'Orient et l'Occident se rapprochent, et pour que nos Frères séparés, las de la division qui les dissout, répondent au pressant appel que leur fait la sainte Église, et viennent enfin se jeter dans nos bras, ouverts depuis trois siècles.

Prions pour que l'Église, dans ses fidèles, dans ses Ministres, soit chaque jour plus pure, plus pieuse, plus savante, plus charitable; afin que nos défauts, Mes Frères, ne mettent pas obstacle au règne du Dieu que nous sommes chargés de faire aimer.

Enfin prions pour le Saint-Père. Daignez, ô Dieu, le conserver à votre Église, et puisse ce grand Pontife qui n'a pas craint, malgré les fatigues de l'âge, d'entreprendre l'œuvre laborieuse d'un Concile, en voir aussi l'heureuse issue! Puisse-t-il, après tant d'épreuves, si fortement portées, jouir enfin du triomphe de l'Église, avant d'aller recevoir dans le ciel la récompense de ses travaux et de ses vertus!

FÉLIX, *Évêque d'Orléans.*

Orléans, 1er novembre.

Orléans. — Imp. Ernest Colas.